# लेव तोल्स्तोय

लेव निकोलायेविच तोल्स्तोय का जन्म 9 सितम्बर (पुराने कैलेंडर के अनुसार 28 अगस्त) 1828 को रूसी साम्राज्य के तूला प्रान्त की यास्नाया पोल्याना जागीर में हुआ था। आधुनिक इतिहास में यदि किसी विचारक-लेखक की ख्याति उसकी ज़िन्दगी में ही पूरी दुनिया में फैल चुकी थी और जीते-जी ही यदि वह एक मिथक बन गया था, तो वे निस्सन्देह लेव तोल्स्तोय ही थे।

उनके दो उपन्यासों—'युद्ध और शान्ति' तथा 'आन्ना कारेनिन' की गणना निर्विवाद रूप से, अब तक लिखे गए दुनिया के सर्वोत्कृष्ट उपन्यासों में की जाती है। कुछ लोग उनके तीसरे उपन्यास 'पुनरुत्थान' को भी इसी कोटि में शामिल करते हैं। उनकी एक और चर्चित कृति 'इवान इलिच की मौत' की गणना उपन्यासिका के सर्वश्रेष्ठ उदाहरणों में की जाती है।

अपने अन्तिम तीस वर्षों के दौरान एक धार्मिक और नैतिक शिक्षक के रूप में उन्हें विश्वस्तरीय ख्याति मिली। बुराई का प्रतिरोध न करने के उनके सिद्धान्त का महात्मा गांधी पर भी महत्त्वपूर्ण प्रभाव पड़ा था।

उनका निधन 20 नवम्बर (पुराने कैलेंडर के अनुसार 7 नवम्बर) 1910 को अस्तापोवो, रूस में हुआ।

# निर्मल वर्मा

हिन्दी कथा-साहित्य के अन्यतम हस्ताक्षर हैं। उनका जन्म 3 अप्रैल, 1929 को शिमला में हुआ था। वे अपने मौलिक लेखन के लिए जितने लोकप्रिय रहे, उतने ही विश्व-साहित्य के अपने अनुवादों के लिए। वैचारिक चिन्तन और हस्तक्षेप के लिए भी समादृत। लेखन के लिए उन्हें भारतीय ज्ञानपीठ, साहित्य अकादेमी की महत्तर सदस्यता और पद्मभूषण सहित अनेक पुरस्कार और सम्मान मिले। भारत सरकार द्वारा 2005 में नोबेल पुरस्कार के लिए नामित किये गए। उसी वर्ष 25 अक्तूबर को नई दिल्ली में देहावसान।

# बचपन

लेव तोल्स्तोय

अंग्रेज़ी से अनुवाद

निर्मल वर्मा

राजकमल पेपरबैक्स

लेव तोल्स्तोय के 1852 में प्रकाशित रूसी उपन्यास 'ДЕТСТВО' के अंग्रेज़ी अनुवाद 'CHILDHOOD' का संक्षिप्त अनुवाद
पहली बार 1954 में 'बचपन' शीर्षक से प्रकाशित

राजकमल पेपरबैक्स में
**पहला संस्करण** : सितम्बर, 2024



---

**राजकमल पेपरबैक्स :** उत्कृष्ट साहित्य के जनसुलभ संस्करण

---

राजकमल प्रकाशन प्रा. लि.
1-बी, नेताजी सुभाष मार्ग, दरियागंज
नई दिल्ली-110 002
द्वारा प्रकाशित

**शाखाएँ** : अशोक राजपथ, साइंस कॉलेज के सामने, पटना-800 006
पहली मंजिल, दरबारी बिल्डिंग, महात्मा गांधी मार्ग, प्रयागराज-211 001
1, अनमोल सोराबजी सन्तुक लेन, धोबी तलाव, मरीन लाइंस, मुम्बई-400 002
वेबसाइट : www.rajkamalprakashan.com
ई-मेल : info@rajkamalprakashan.com

विकास कंप्यूटर एंड प्रिंटर्स
ट्रॉनिका सिटी-201 102
द्वारा मुद्रित

**मूल्य** : ₹199

BACHPAN
*Novel by* Leo Tolstoy
*Translated by* Nirmal Verma

ISBN : 978-93-6086-035-6

# बचपन

# क्रम

# हमारे मास्टर साहब, कार्ल इवानिच

मुझे अपनी दसवीं वर्षगाँठ पर ढेर-से सुन्दर उपहार मिले थे। उसके ठीक तीन दिन बाद कार्ल इवानिच ने मुझे सुबह सात बजे ही जगा दिया। बात यों हुई कि उन्होंने एक छोटी-सी छड़ी पर नीले काग़ज़ का एक लिफ़ाफ़ा बाँधा और मक्खी मारने के लिए उसे ज़ोर से मेरे सिर पर हिलाया, जिससे झट मेरी आँख खुल गई। उन्होंने यह सब कुछ इतने फूहड़ ढंग से किया कि दीवार पर टँगी मेरे संरक्षक-सन्त की तसवीर से उनकी छड़ी उलझ गई और मरी हुई मक्खी ऐन मेरे सिर पर आ गिरी। मैंने लिहाफ़ से अपनी नाक बाहर निकाली, अपने ऊपर झूलती हुई तसवीर को सीधा किया, मरी हुई मक्खी को फ़र्श पर फेंका और नींद में डूबी रोषयुक्त आँखों से कार्ल इवानिच को देखा। किन्तु वह सब कुछ भूलकर अपने रात के कपड़ों में बराबर कमरे में घूमते हुए मक्खियों पर निशाना साध रहे थे।

'बेशक, मैं छोटा हूँ।' मैंने सोचा, 'लेकिन इसका मतलब यह नहीं कि वह मुझे इस तरह परेशान करे। आख़िर वह वोलोद्या के बिस्तर पर क्यों नहीं मक्खियाँ मारते? वहाँ कितनी सारी मक्खियाँ हैं! नहीं, वह ऐसा नहीं करेंगे

क्योंकि वोलोद्या मुझसे बड़ा है। मैं घर में सबसे छोटा हूँ, इसीलिए वह मुझे इतना तंग करते हैं। दिन-भर वह इस ताक में रहते हैं कि किसी तरह मुझे तकलीफ़ पहुँचा सकें।' मैं भीतर-ही-भीतर फुसफुसाया, 'जनाब अच्छी तरह जानते हैं कि उन्होंने मुझे डराकर जगा दिया है लेकिन बहाना यह कर रहे हैं कि कुछ मालूम ही नहीं। बेशर्म कहीं के!'

जब मैं मन-ही-मन कार्ल इवानिच को कोस रहा था, वह अपने पलंग के पास आए, अपनी घड़ी को देखा जो बिस्तर के ऊपर मोतियों की झालर में लटक रही थी, नीले लिफ़ाफ़े को दीवार की खूँटी पर टाँग दिया और फिर मुड़कर बहुत प्रसन्न-भाव से हमारी ओर देखा।

"उठो, बच्चो, उठो। देखो माँ खाने के कमरे में आ गई हैं।"

वह अपने प्यार-भरे जर्मन शब्दों में कहते। फिर वह मेरे पास आकर बिस्तर के पैताने पर बैठ गए और अपनी जेब से सुँघनी की डिबिया निकाल ली। मैं सोने का बहाना करता रहा। कार्ल इवानिच ने डिबिया सूँघी, अपनी नाक को हल्के-से रगड़ा, एक-एक करके अँगुलियाँ चटखाईं और फिर मेरी ओर उन्मुख हुए। वह हँसते हुए मेरे पैरों को गुदगुदाने लगे, "आलसी बच्चे—बहुत सो लिए!" उन्होंने कहा।

हालाँकि गुदगुदी से मुझे बहुत डर लगता था, उन्हें कोई उत्तर दिये बिना मैं मचला लेटा रहा। मैंने अपना सिर तकिये में और भी अधिक धँसा लिया और अपनी हँसी रोकने के लिए ज़ोर-ज़ोर से हाथ-पाँव मारने लगा।

'मास्टर साहब कितने अच्छे हैं—हमें इतना चाहते हैं और मैं नाहक ही उन्हें कोस रहा था।' मैंने मन-ही-मन सोचा।

मुझे अपने पर उतनी ही खीज आ रही थी, जितनी कार्ल इवानिच पर। एक साथ ही रोने और हँसने को मन कर रहा था और भीतर एक अजीब-सी बेचैनी फैलने लगी थी।

"कार्ल इवानिच—मुझे तंग मत कीजिए।" तकिये से सिर बाहर निकालकर मैं रुँधे स्वर में चिल्ला उठा।

कार्ल इवानिच आश्चर्य में पड़ गए, मेरे पैर छोड़ दिये और चिन्तित भाव से मेरा हालचाल पूछने लगे—कहीं मुझे कोई बुरा सपना तो नहीं आया है?

न जाने क्यों, उनके स्नेहशील जर्मन चेहरे और कोमल चिन्ता-भरे स्वर ने मेरे आँसुओं को और भी तेज़ कर दिया। मुझे अपने पर बेहद शर्म आ रही थी—कुछ देर पहले मैं उन्हें और उनके पहनावे को जी-जान से कोस रहा था, अब मुझे उनकी हर चीज़ अच्छी लग रही थी। मैंने बहाना बनाया कि मैं इसलिए रो रहा हूँ क्योंकि मैंने सपने में देखा कि माँ मर गई है और लोग उनकी अर्थी उठाकर ले जा रहे हैं। मैंने यह सपना मन-ही-मन गढ़ा था लेकिन जब कार्ल इवानिच मेरे शब्दों से द्रवित होकर मुझे समझाने-बुझाने लगे तब मुझे पता लगा मानो मैंने सचमुच वह भयानक स्वप्न देखा था और मैं पहले से भी अधिक दहाड़ें मारकर रोने लगा।

कार्ल इवानिच के जाने के बाद मैं मोज़े पहनने लगा। मेरे आँसू हल्के पड़ गए थे, किन्तु मन अब भी उदास था। हमारा नौकर निकलस कमरे में आया। वह बड़ा साफ़-सुथरा, गम्भीर क़िस्म का आदमी था और कार्ल इवानिच से उसकी बहुत पटती थी। वह हमारे जूते-कपड़े लेकर आया था। मैं नहीं चाहता था कि वह मुझे रोता हुआ देखे। बाहर की उजली धूप कमरे में फैलने लगी थी। मुँह धोने की बेसिन के सामने खड़ा वोलोद्या ख़ूब ज़ोर-ज़ोर से हँसता हुआ मारिया इवानोवा (हमारी बहिन की आया) की नक़ल उतार रहा था। निकलस जैसा संजीदा आदमी भी उसकी हँसी सुनकर मुस्कराए बिना न रह सका।

"व्लाडमीर पेट्रोविच—बहुत हँसी हो गई। अब हाथ-मुँह धोना शुरू कीजिए।" उसने कहा।

मैं भी मस्ती में आने लगा था।

"तैयार हो गए?" पढ़ाई के कमरे से कार्ल इवानिच की आवाज़ सुनाई दी।

उनका स्वर अब काफ़ी सख़्त था, वैसा कोमल नहीं, जिसे सुनकर कुछ देर पहले मेरे आँसू निकल पड़े थे। स्कूल के कमरे में वह बिलकुल बदल जाते थे—बिलकुल मास्टर साहब बन जाते थे। मैं जल्दी-जल्दी हाथ-मुँह धोने लगा और गीले बालों पर ही ब्रुश फेरता हुआ स्कूल के कमरे की तरफ़ भागने लगा।

नाक पर चश्मा चढ़ाए और हाथ में किताब लेकर कार्ल इवानिच अपनी पुरानी जगह बैठे थे—दरवाज़े और खिड़की के बीच। दरवाज़े के बाईं तरफ़ किताबों के दो शेल्फ़ थे—एक बच्चों का, दूसरा कार्ल इवानिच का अपना। हमारे शेल्फ़ पर हर तरह की पुस्तकें थीं—कुछ खड़ी हुईं, कुछ लेटी हुईं। हमारे हाथ जो किताब लगी, वहाँ ठूँस दिया करते थे। कार्ल इवानिच बहुत रोबीले भाव से उस शेल्फ़ को हमारी 'लाइब्रेरी' कहा करते थे। यद्यपि उनकी अपनी शेल्फ़ पर किताबों की संख्या ज़्यादा नहीं थी—उनका सम्बन्ध अनेक विषयों से था। मुझे अब भी उनकी तीन किताबें याद हैं, एक गोभी की खेती के बारे में थी, दूसरी सात वर्षों के युद्ध का इतिहास और तीसरी हाईड्रोस्टेटिक्स (जल-सन्तुलन विज्ञान) पर। कार्ल इवानिच अपना अधिकांश समय पढ़ने में गुज़ारा करते थे—इसके कारण उनकी नज़र भी कमज़ोर पड़ गई थी—लेकिन सिर्फ़ इन किताबों के अलावा मैंने उन्हें कोई दूसरी किताब पढ़ते नहीं देखा।

मैं आज भी उनका चेहरा-मुहरा याद कर सकता हूँ। रात की गाउन में ढकी उनकी लम्बी देह, सिर पर लाल टोपी जिसके नीचे उनके सफ़ेद बाल दिखाई दे जाते। वह एक छोटी-सी मेज़ के सामने बैठे होते, एक हाथ में किताब दूसरा कुर्सी के हत्थे पर टिका हुआ। उनके सामने वह घड़ी, जिसके चेहरे पर एक शिकारी की तसवीर बनी थी, धारीदार रूमाल, सुँघनी की डिबिया, हरे रंग का चश्मा रखने का केस। ये सब चीज़ें इतने क़रीने-क़ायदे से रखी होतीं कि उन्हें देखते ही विश्वास हो जाता कार्ल इवानिच की आत्मा साफ़ है, उनके दिल में कोई हलचल नहीं।

जब हम नीचे नृत्य-कक्ष में दौड़ते-भागते थक जाते, तो दबे पाँव सीढ़ियाँ चढ़कर ऊपर क्लास-रूम में चले आते। वहाँ कार्ल इवानिच अपनी आरामकुर्सी पर बैठे हुए निश्चिन्त, तेजस्वी मुद्रा में कोई किताब पढ़ रहे होते। ऐसा भी होता कि कभी वह कुछ न पढ़ रहे होते, उनकी ऐनक उनकी सुतवाँ नाक पर ढुलक जाती, उनकी अधमुँदी, नीली आँखों में एक अजीब-सा भाव भर जाता और होंठों पर एक ग़मगीन-सी मुस्कान सिमट जाती। कमरे में निपट सन्नाटा होता—सिवाय घड़ी की टिक-टिक के कुछ भी सुनाई न देता था।

उन्हें पता भी न चलता था कि मैं दरवाज़े की देहरी पर खड़ा हूँ और मैं मन-ही-मन सोचता—बेचारे मास्टर साहब—हम लोग दिन-भर खेलते-हँसते हैं, लेकिन यह बेचारे बिलकुल अकेले हैं—इन्हें कोई प्यार से सहलाता भी नहीं। वह ठीक ही कहते हैं कि वह अनाथ हैं। उनकी ज़िन्दगी की कहानी सचमुच भयानक है। एक बार उन्होंने अपनी राम-कहानी निकलस को सुनाई थी। उनकी स्थिति में होने की कल्पना से ही मैं डर जाता। मुझे उन पर इतना रहम आता कि मैं कमरे में आकर उनका हाथ पकड़ लेता और धीरे-से कहता, "प्यारे कार्ल इवानिच!" उन्हें मेरा इस तरह का व्यवहार बहुत अच्छा लगता था। वह द्रवित-से होकर मेरे हाथों को थपथपाने लगते।

कमरे की दूसरी दीवार पर नक़्शे लगे रहते। तीसरी दीवार पर—जिसके बीच ज़ीने की सीढ़ियाँ होतीं—दो फुटरूल टँगे रहते। एक हमारा—दूसरा जो कुछ नया था, कार्ल इवानिच का। वह लाइनें खींचने के लिए उतना नहीं, जितना सज़ा देने के काम में इस्तेमाल किया जाता था। दूसरी तरफ़ ब्लैक बोर्ड होता, जिस पर हमारे छोटे-बड़े अपराधों के निशान चॉक से लगाए जाते थे। बाईं तरफ़ वह कोना था, जहाँ हमें घुटने झुकाकर 'मुर्ग़ा' बनाया जाता था।

आज भी मुझे वह कोना कैसा याद है। वहाँ चूल्हे की खिड़की होती, जहाँ से अजीब आवाज़ आया करती। वहाँ हम मुर्ग़ा बने झुके रहते, हमारे हाथ-पाँव दर्द से अकड़ने लगते और हम सोचते कि हो-न-हो, कार्ल इवानिच मुझे मुर्ग़ा बनाकर सब कुछ भूल गए हैं। उन्हें क्या, ख़ुद तो जनाब आराम से कुर्सी पर पैर पसारे किताब पढ़ रहे हैं, और यहाँ दर्द से बुरा हाल हो रहा है। और उनका ध्यान खींचने के लिए हम स्टोव की खिड़की कभी खोलते, कभी बन्द करते या दीवार से प्लास्टर कुरेदने लगते—लेकिन इन सब हरकतों के बावजूद कार्ल इवानिच किताब हाथ में लिए निश्चल बैठे रहते, मानो उन्होंने कुछ देखा-सुना ही नहीं।

कमरे की आख़िरी दीवार पर तीन खिड़कियाँ होतीं—उनके सामने फैला दृश्य मुझे आज भी ज्यों-का-त्यों याद है—खिड़की के सामनेवाली वह सड़क,

जिसके एक-एक कोने, पत्थर और पगडंडी से मैं परिचित था। सड़क के परे नीबू के पेड़ों की एक लम्बी पंक्ति चली गई थी, उसके पीछे चरागाह था, जिसके एक तरफ़ धान कूटने की जगह और दूसरी तरफ़ जंगल फैला था। जंगल के ठीक बीचोबीच चौकीदार की झोंपड़ी दिखाई देती थी। खिड़की की दाईं तरफ़ बरामदे का वह हिस्सा था जहाँ भोजन से पहले बड़े लोग बैठा करते थे। कभी-कभी जब कार्ल इवानिच मेरी इमला की कॉपी जाँच रहे होते, आँखें बरबस उस दिशा में उठ जातीं और कभी माँ का सिर, कभी किसी की पीठ दिखाई दे जाती। हँसी और बातों की धुँधली-सी आवाज़ें सुनाई दे जातीं और तन-मन में एक गहरी झुँझलाहट भर जाती और हम सोचने लगते—"वह समय कब आएगा, जब मैं भी बड़ा हो जाऊँगा और किताबों से छुटकारा पाकर उन लोगों के साथ हँस-बोल सकूँगा, जिन्हें मैं प्यार करता हूँ।" और तब झुँझलाहट एक गहरी उदासी में बदल जाती और हम अपने ख़यालों में इतना गहरा डूब जाते और यह भी भूल जाते कि कार्ल इवानिच हमारी इमला की अशुद्धियों पर किस तरह लाल-पीले हो रहे हैं।

कार्ल इवानिच अपनी गाउन उतारते, नीला कोट पहनते, आईने में अपनी टाई सीधी करते और फिर हम सबको नीचे ले जाते, जहाँ माँ हमारी प्रतीक्षा कर रही होतीं।

# माँ

माँ ड्राइंगरूम में बैठी चाय बना रही होतीं। चाय की केतली से पानी ढालते हुए उनकी आँखें 'समोवार' पर जमी होतीं और उन्हें हमारे आने का पता भी न चलता।

जब हम अपने किसी प्रिय व्यक्ति को याद करते हैं, स्मृतियों का बवंडर-सा उठ खड़ा होता है और तब लगता है जैसे हम उनके नाक-नक़्श को स्मृतियों के नहीं बल्कि आँसुओं के धुँधलके में देख रहे हों। वे हमारी कल्पना के आँसू हैं। जब कभी मैं अपनी माँ का चेहरा याद करने की कोशिश करता हूँ, मेरी आँखों के सामने उनकी स्नेह और करुणा से भरी भूरी आँखें, गले के नीचेवाला छोटा-सा तिल, कसीदेवाला सफ़ेद कॉलर और कोमल सूखे हाथ घूम जाते हैं, जिनसे वे मुझे सहलाती थीं, जिन्हें मैं अक्सर चूमता था। मैं यह सब याद कर सकता हूँ लेकिन उनके चेहरे का भाव मेरी स्मृति से फिसल गया है।

सोफ़ा के बाईं तरफ़ एक बड़ा अंग्रेज़ी पियानो था, जिसके सामने घने-काले बालोंवाली मेरी बहिन ल्यूबा बैठी होती और क्लिमेन्टी के किसी संगीत-अंश पर अभ्यास कर रही होती। वह ग्यारह वर्ष की थी।

उसके पास मारिया इवानोवा बैठी होतीं—वो नीली गाउन और सिर पर सुर्ख़ रिबनोंवाली हैट पहनी होती। उनका चेहरा यों ही काफ़ी सुर्ख़ और ग़ुसैला था, किन्तु जब कार्ल इवानिच भीतर आते, तो वह और भी अधिक तन जाता।

कार्ल इवानिच उसकी ओर ध्यान दिये बिना सीधे माँ के पास आते और उनका हाथ चूमते। माँ जैसे सोते हुए जाग जातीं, अपना सिर हिलाकर उदास ख़यालों को परे ठेल देतीं, अपना हाथ कार्ल इवानिच की ओर बढ़ाकर उनकी झुर्रियों-भरी कनपटी को चूमतीं, जबकि कार्ल इवानिच उनके हाथों को चूमते।

"धन्यवाद, कार्ल इवानिच!" वह जर्मन में कहतीं, "बच्चे ठीक से सो लिए न?"

कार्ल इवानिच यों भी एक कान से बहरे थे, अब पियानो की आवाज़ के कारण तो बिलकुल नहीं सुन पाते थे। वह सोफ़ा की तरफ़ झुक आए, एक हाथ मेज़ पर रखा, अपनी एक टाँग पर खड़े होकर उन्होंने मुस्कराते हुए अपना हैट उतारा—उनकी यह अदा मुझे बहुत प्रभावित करती थी—और फिर धीरे से पूछा :

"आपने क्या कहा, नातालिया निकोलावना?"

"मैं पूछ रही थी, बच्चे ठीक से सो लिए?" माँ उनकी तरफ़ झुककर ज़रा ऊँचे स्वर में बोलीं।

लेकिन कार्ल इवानिच इस बार भी कुछ न सुन पाए, उन्होंने अपने गंजे सिर पर दुबारा हैट रख लिया और पहले से कहीं ज़्यादा ख़ुशनुमा ढंग से मुस्कराने लगे।

"मिमी भई, ज़रा रुको!" माँ ने मुस्कराकर मारिया इवानोवा की ओर देखा, "तुम्हारे पियानो के कारण कुछ सुनाई नहीं देता!"

जब माँ मुस्कराती थीं, उनका सुन्दर चेहरा और भी अधिक आकर्षक बन जाता था और आसपास की हर चीज़ चमकने-सी लगती थी। अगर ज़िन्दगी के उदास लम्हों में मैं उस मुस्कान की एक झलक भी पा लेता, तो मुझे शायद दुःख जैसी चीज़ से कभी वास्ता न पड़ता। मुझे लगता है जिसे हम चेहरे की ख़ूबसूरती कहते हैं, वह मुस्कराहट में छिपी रहती है।

अगर मुस्कराहट से चेहरे का आकर्षण बढ़ जाता है, तो वह चेहरा सुन्दर है, अगर उससे कोई अन्तर नहीं पड़ता तो वह साधारण है और अगर मुस्कराहट उसे बिगाड़ देती है, तो वह चेहरा बदसूरत है।

माँ तब मुझे पास बुलातीं, मेरे सिर को दोनों हाथों से पकड़कर पीछे ले जातीं, फिर ध्यान से मेरी ओर देखती हुई कहतीं :

"तुम आज सुबह रोए थे?"

मैंने कोई उत्तर नहीं दिया। उन्होंने मेरी आँखों को चूमा और जर्मन में पूछा :

"क्यों रोया था यह?"

"मैं नींद में रोया था, माँ।" मैंने कहा। मुझे अपना झूठा स्वप्न याद हो आया था, जिसके ख़याल से ही मेरी देह में झुरझुरी-सी फैलने लगी।

कार्ल इवानिच ने मेरा समर्थन किया किन्तु स्वप्न के बारे में चुप रहे। मौसम के बारे में इधर-उधर की बातें करने के बाद माँ उठ खड़ी हुईं और खिड़की के पास जाकर बोलीं, "अच्छा बच्चो—अब बाबूजी के पास जाओ और सुनो—उनसे यह कह देना कि खेतों में जाने से पहले एक बार मुझसे ज़रूर मिल लें।"

पियानो पर संगीत फिर शुरू हो गया और हम पिताजी से मिलने चल पड़े।

# पिताजी

वह अपनी लिखनेवाली मेज़ के पास खड़े थे जिस पर काग़ज़, लिफ़ाफ़े और रुपये के नोटों का ढेर लगा था। वह काफ़ी ग़ुस्से में अपने जैकब से कुछ कह रहे थे, जो अपनी पीठ के पीछे हाथ मोड़कर चारों तरफ़ अपनी अँगुलियों को घुमा रहा था। पिताजी जितना ही तेज़ी से बोलते, अँगुलियाँ उतनी ही तेज़ी से घूमने लगतीं और जब वह साँस लेने के लिए रुकते, तो अँगुलियाँ भी स्थिर हो जातीं। मुझे लगता जैकब की अँगुलियों के हिलने-डुलने से ही उसके गुप्त विचारों का पता चलाया जा सकता है। किन्तु उसका चेहरा हमेशा शान्त रहता, मानो वह ख़ुद अपनी क़द्र जानता हो लेकिन जिसे अपनी अधीनता का भी अहसास हो—मानो वह भीतर-ही-भीतर कह रहा हो—"ठीक मैं हूँ, लेकिन आप जो मरज़ी आए, करिए।"

हमें देखकर पिताजी ने सिर्फ़ इतना कहा, "ज़रा एक मिनट" और अपने सिर से इशारा किया कि हमें दरवाज़ा बन्द कर देना चाहिए।

हमें 'गुड मॉर्निंग' कहने के बाद पिताजी ने कहा कि हमने गाँव की ख़ाक छान ली और अब हम बच्चे नहीं रहे और अब समय आ गया है कि हम गम्भीरता से अपनी पढ़ाई-लिखाई शुरू करें।

"शायद तुम्हें मालूम है कि आज रात मैं मास्को जा रहा हूँ, और तुम भी मेरे साथ आ रहे हो।" उन्होंने कहा। "तुम वहाँ दादी के पास रहोगे और माँ यहाँ लड़कियों के साथ रहेंगी। तुम जानते हो—अगर तुम वहाँ अच्छी तरह पढ़ो-लिखोगे, तो उन्हें कितनी ख़ुशी होगी।"

पिछले दिनों घर में जो तैयारियाँ हो रही थीं, उससे हमने यह अनुमान ज़रूर लगाया था कि कुछ असाधारण-सा होनेवाला है—फिर भी पिताजी ने जो ख़बर हमें सुनाई, उससे हमें काफ़ी गहरा झटका लगा। वोलोद्या का चेहरा लाल हो गया और उसने काँपते स्वर में माँ का सन्देश पिताजी को दे दिया।

"अच्छा तो मेरे स्वप्न का यह मतलब था।" मैंने सोचा, "अब ईश्वर की दया से इससे बुरी आफत कोई न आए।"

मुझे रह-रहकर माँ पर अफ़सोस होने लगा—साथ-साथ यह ख़ुशी भी होती रही कि अब हम सचमुच बड़े लड़के हो गए हैं।

'अगर हम आज जा रहे हैं, तो इसका मतलब है कि आज कोई पढ़ाई नहीं होगी...' यह विचार मुझे बहुत ही सुखद जान पड़ा, "लेकिन बेचारे कार्ल इवानिच का क्या होगा—मुझे उन पर दया आने लगी। उन्हें सचमुच नौकरी से छुट्टी मिल जाएगी...कितना अच्छा होता अगर हम यहीं पढ़ते रहते, तब माँ और कार्ल इवानिच को इस तरह छोड़कर जाने की नौबत न आती—कार्ल इवानिच को सचमुच इस ख़बर से बहुत ठेस पहुँचेगी—यों भी वह बेचारे इतने उदास रहते हैं।"

इस तरह के सैकड़ों विचार मेरे मन में घुमड़ते रहे। मैं न हिला, न डुला, चुपचाप अपने जूतों की तरफ़ आँखें गड़ाए रहा।

पिताजी कुछ देर तक कार्ल इवानिच से गिरते हुए तापमान के बारे में बातें करते रहे—फिर उन्होंने जैकब को आदेश दिया कि वह कुत्तों को खाना न दे, ताकि भोजन के बाद वह उन्हें शिकार पर ले जा सकें। मेरी आशाओं के विपरीत पिताजी ने हमें रोज़ की तरह पढ़ने का ऑर्डर दिया, लेकिन साथ में हमें सांत्वना देने के लिए यह भी वादा किया कि वह हमें अपने साथ शिकार पर ले जाएँगे।

मैं सीढ़ियाँ चढ़कर भागता हुआ बरामदे में आया। दरवाज़े की देहरी पर मेरे पिता की प्रिय कुतिया मील्का आँखें मूँदे धूप में लेटी थी।

"प्यारी मील्का," मैंने उसे सहलाते, पुचकारते हुए कहा, "हम आज जा रहे हैं—अलविदा। हम फिर कभी एक-दूसरे से नहीं मिलेंगे।" और तब मेरे उद्‍गार फूट पड़े और मैं रोने लगा।

# पढ़ाई

कार्ल इवानिच काफ़ी ख़फ़ा दिखाई देते थे। उनके तेवर चढ़े थे। वोलोद्या तो काफ़ी मन लगाकर पढ़ रहा था, लेकिन मेरा मन उचाट था और किसी काम में मेरा मन नहीं लग रहा था। जब पाठ दुहराने का समय आया, जुदाई के ख़याल से मेरी आँखें आँसुओं से भर आईं और मैं एक वाक्य भी ठीक से न पढ़ पाया। मुझे अपने आँसू रोकना असम्भव-सा जान पड़ा और किताब के शब्द मेरे रुँधे कंठ में अटकने लगे। जब कॉपी पर लिखने की बारी आई, मेरे आँसू टपाटप काग़ज़ पर गिरने लगे मानो मैं कॉपी पर नहीं, पानी में भीगे ब्लॉटिंग-पेपर पर लिख रहा हूँ।

कार्ल इवानिच मेरे इस व्यवहार से और भी अधिक नाराज़ हो गए, मुझे मुर्ग़ा बनने की सज़ा दी, कहा कि मैं ज़िद में आकर यह सब 'कठपुतलियों का तमाशा' (यह उनका प्रिय मुहावरा था) कर रहा हूँ, और मुझे अपने व्यवहार के लिए क्षमा माँगने का आदेश दिया। किन्तु आँसुओं के कारण मेरे मुँह से एक शब्द भी नहीं निकल पा रहा था। आख़िर उन्हें लगा कि वह मेरे प्रति थोड़ी-सी बेइंसाफ़ी कर रहे हैं और वह फटाक से दरवाज़ा बन्द करके निकलस के कमरे में चले गए।

हम अपने कमरे से उनकी बातचीत सुन सकते थे।

"निकलस, तुमने सुना, बच्चे मास्को जा रहे हैं?" कार्ल इवानिच ने कमरे में घुसते ही कहा।

"जी, हाँ।"

निकलस शायद अपनी जगह से उठनेवाला था, क्योंकि उसके बाद ही कार्ल इवानिच के ये शब्द सुनाई दिये, "नहीं, नहीं, बैठे रहो।" और फिर दरवाज़ा बन्द हो गया। मैं उनकी बातें सुनने के लिए कोने से उठकर दरवाज़े के पास चला आया।

"चाहे तुम लोगों का कितना ही भला क्यों न करो निकलस—चाहे तुम्हें उनसे कितना ही गहरा लगाव क्यों न हो—बदले में उनसे किसी चीज़ की आशा नहीं करनी चाहिए।" कार्ल इवानिच ने भरे-भीगे स्वर में कहा।

निकलस खिड़की के पास बैठा जूते गाँठ रहा था—कार्ल इवानिच की बात पर उसने चुपचाप सिर हिला दिया।

"इस घर में मुझे बारह वर्ष रहते हो आए, निकलस और मैं ईश्वर के सामने कह सकता हूँ..." कार्ल इवानिच ने छत की ओर अपनी सुँघनी और आँखें उठाते हुए कहा, "कि मैंने उन्हें अपने बच्चों से ज़्यादा प्यार-दुलार दिया है। तुम्हें याद है निकलस, जब वोलोद्या को बुखार आया था? मैं नौ दिन तक बिना आँखें झपकाए उसके सिरहाने बैठा रहा था। हाँ—तब उन दिनों 'प्यारे कार्ल इवानिच' कह-कहकर मेरी ख़ातिर की जाती थी, तब उन्हें मेरी ज़रूरत थी—और अब..." उसके होंठों पर व्यंग्यात्मक मुस्कान सिमट आई, "अब बच्चे बड़े हो गए हैं, उन्हें गम्भीरतापूर्वक अपनी पढ़ाई शुरू करनी चाहिए, (मानो अब तक ये भाड़ झोंक रहे थे)।"

"पता नहीं—और क्या पढ़ेंगे?" निकलस ने सूआ नीचे रख दिया और दोनों हाथों से धागा खींचने लगा।

"हाँ भई—अब मेरी कोई ज़रूरत नहीं—अब वे मुझे रफ़ा-दफ़ा कर देंगे। लेकिन उन्होंने जो वादे किये थे, उनका क्या हुआ? और क्या कृतज्ञता कोई चीज़ नहीं? मैं नातालिया निकोलावना की इज़्ज़त करता हूँ।"

उन्होंने अपने सीने की तरफ़ अँगुली उठाई, "लेकिन इस घर में उनकी इच्छाओं का इतना भी मोल नहीं..." उन्होंने चमड़े के एक टुकड़े को हिकारत से फ़र्श पर फेंक दिया, "मैं अच्छी तरह से जानता हूँ, यह किसकी करतूत है—और अब क्यों उन्हें मेरी कोई ज़रूरत नहीं रही—इसलिए कि मैं यहाँ कुछ लोगों की तरह लल्लो-चप्पो नहीं करता। जो सच बात है, उसे बेखटके सबके सामने कह देता हूँ। ईश्वर उनका भला करे—मुझे निकालकर वे अमीर नहीं हो जाएँगे—और मैं कहीं भी दो रोटियाँ जुटा सकता हूँ—क्यों, ग़लत कहता हूँ निकलस?"

निकलस ने अपना सिर उठाकर कार्ल इवानिच को इस तरह देखा, मानो वह अपने को आश्वासन दिला रहा हो, कि वह सचमुच दो रोटियाँ तो जुटा ही सकते हैं—लेकिन वह बोला कुछ नहीं। कार्ल इवानिच काफ़ी देर तक इसी रौ में बोलते रहे। मुझे उनके प्रति गहरी सहानुभूति थी—रह-रहकर मुझे यह बात भी कचोट रही थी कि कार्ल इवानिच और पिताजी एक-दूसरे को समझने में असमर्थ रहे थे। मैं चुपचाप अपने कोने में जाकर बैठ गया और ऐसा कोई उपाय ढूँढ़ने लगा, जिससे दोनों के बीच पुनः मेल-मिलाप हो सके।

जब कार्ल इवानिच दुबारा हमारे कमरे में आए, उन्होंने मुझसे कहा कि मैं अपनी कॉपी पर इमला लिखने के लिए तैयार हो जाऊँ। फिर वह आरामकुर्सी में धँस गए और ऐसी आवाज़ में—जो कहीं उनके भीतर की गहराई से आ रही थी—इमला लिखवाने लगे :

"मनुष्य के भीतर जितनी भावनाएँ हैं—उनमें सबसे अधिक अमानवीय भावना कृतघ्नता है।"

अन्तिम शब्द लिख लेने के बाद मैं इस आशा में उनकी तरफ़ देखने लगा कि वह आगे कुछ और लिखवाएँगे।

"पूर्ण विराम," उन्होंने कहा। एक अदृश्य-सी मुस्कान उनके चेहरे पर सिमट आई। फिर उन्होंने हमारी कॉपियाँ हमसे लेकर अपने सामने रख लीं।

वह अपने ही लिखाए वाक्य को बार-बार पढ़ने लगे—मानो उन शब्दों को पकड़कर, जो उनके अन्तर्मन को इतने स्पष्ट रूप से उजागर करते थे, उन्हें गहरा आन्तरिक सन्तोष मिल रहा हो। फिर हमें इतिहास का पाठ याद करने का आदेश देकर वह खिड़की के पास बैठ गए। उनका चेहरा अब पहले की तरह ग़मगीन नहीं था—उस पर अब ऐसे व्यक्ति का आत्म-सन्तोष झलक रहा था जिसने अपने अपमान का बदला पूरी तरह चुका लिया हो।

पौने एक के क़रीब समय हो चुका था, लेकिन कार्ल इवानिच हमें छुट्टी देने के बजाय एक के बाद एक काम दिये जा रहे थे। हमें भूख और ऊब दोनों एक साथ सता रही थीं। मैं बड़ी बेचैनी से भोजन शुरू होने की तैयारियों को देख रहा था। कोई नौकरानी तश्तरियों को धोने ले जा रही थी, रसोई में बर्तनों की खनखनाहट, टेबुल और कुर्सियों को खींचने की आवाज़... मेरे कान इन आवाज़ों पर लगे थे। किन्तु अभी तक घर के मुंशी फोका का कहीं पता नहीं था जो हर रोज़ हमें भोजन के लिए बुलाने आया करता था। उसके आते ही हम किताबें-कॉपियाँ एक तरफ़ फेंक देते और कार्ल इवानिच की परवाह किये बिना सरपट नीचे की मंज़िल में दौड़ जाते।

हमें सीढ़ियों पर किसी की पदचाप सुनाई दी, लेकिन वह फोका नहीं था। मैं उसकी चाल को पहचानता था और उसके जूतों की चरमराहट से अच्छी तरह परिचित था। अचानक दरवाज़ा खुला और हमें देहरी पर एक बिलकुल अजनबी आदमी की शक्ल दिखाई दी।

# भोंदू सन्त

उसकी उम्र क़रीब पचास वर्ष रही होगी। एकदम पीला, लम्बा और चेचक के दाग़ों से भरा उसका चेहरा था, लम्बे सफ़ेद बाल और छितरी हुई सुर्ख़ रंग की दाढ़ी। उसका क़द इतना लम्बा था कि कमरे में घुसते हुए उसे न केवल अपना सिर झुकाना पड़ता था, बल्कि अपने समूचे शरीर को दुहरा करना पड़ता था। उसने फटे चीथड़ें पहन रखे थे और हाथ में एक भारी-भरकम डंडा पकड़ रखा था। वह बराबर उस डंडे को फ़र्श पर पटक रहा था और अजीब भयानक ढंग से मुँह फाड़कर हँसी के ठहाके लगा रहा था। वह एक आँख से काना था...कानी आँख की सफ़ेद पुतली बराबर ऊपर-नीचे हिल रही थी, जिससे उसका चेहरा और भी अधिक बीभत्स दिखाई देता था।

"वाह! पकड़ लिया।" वह भागता हुआ वोलोद्या के पास आया, झपटकर उसका सिर पकड़ लिया और बड़े ध्यान से उसे जाँचने लगा। फिर वह बहुत गम्भीर भाव से टेबुल के पास आया...मेज़पोश पर गहरी साँसें छोड़ने लगा और फिर सलीब का संकेत बनाकर बार-बार रुँधे-स्वर में कहने लगा—"ओह...कितनी दया है...कितनी पीड़ा...प्यारे लोग...सब उड़ जाएँगे।"

फिर वह वोलोद्या की ओर देखने लगा—उसके गालों पर आँसुओं की गंगा-यमुना बह रही थी।

उसका स्वर काफ़ी रूखा और रुँधा हुआ था, उसकी हरकतों में एक अजीब क़िस्म की हड़बड़ाहट थी...उसके शब्दों में किसी प्रकार का अर्थ या शृंखला ढूँढ़ना असम्भव था—किन्तु इस सबके बावजूद उसकी आवाज़ का उतार-चढ़ाव कुछ हृदयस्पर्शी था और कभी-कभी उसके पीले, बेडौल चेहरे पर एक ऐसा मुखर विषाद का भाव बिखर आता कि उसकी अनर्गल बातों को सुनते हुए अनायास करुणा, डर और उदासी की मिली-जुली भावनाएँ उमड़ने लगतीं।

वह भोंदू सन्त और तीर्थ-यात्री ग्रीशा था।

वह कहाँ से आया था, उसके माता-पिता कौन थे, कौन-सी चीज़ ने उसे घुमक्कड़ी जीवन चुनने को प्रेरित किया था—इन सबके बारे में किसी को कुछ पता न था। मैं सिर्फ़ इतना जानता था कि पन्द्रह वर्ष की उम्र से ही वह भोंदू सन्त बन गया था। गर्मी-सर्दी में नंगे पाँव घूमा करता था। दूर-सुदूर के भिक्षु-मठों के चक्कर लगाता था। अजीबोगरीब बातें करता था, जिन्हें कुछ लोग भविष्यवाणी मानते थे। कभी-कभी वह मेरे दादा के घर भी आया करता था, कुछ लोगों का कहना था कि वह किसी धनी किसान का पुत्र था, कुछ दूसरे लोग उसे महज़ आलसी किसान समझते थे।

आख़िर फोका खाने का सन्देश लेकर आया और हम नीचे चले आए। ग्रीशा भी—सिसकता, बड़बड़ाता और सीढ़ियों पर अपना डंडा पटकता हुआ—हमारे पीछे-पीछे आने लगा। माँ और पिताजी एक-दूसरे की कमर में हाथ डालकर ड्राइंग-रूम में घूम रहे थे और आपस में दबे स्वरों में बातचीत कर रहे थे। मारिया इवानोवा लड़कियों के साथ सोफ़ा पर बैठी थी। जब कार्ल इवानिच भीतर आए, तो उसने अवहेलना से अपना मुँह मोड़ लिया। लड़कियों के चेहरों से स्पष्ट था कि वे हमें कोई अनोखी ख़बर सुनाने को आतुर हैं, किन्तु वे मिमी के नियमों का उल्लंघन करने का साहस नहीं कर पा रही थीं। हमें पहले मिमी के पास जाकर फ्रांसीसी में अभिनन्दन करना पड़ता था—"नमस्कार, मिमी।" और उसके बाद ही बातचीत का सिलसिला शुरू किया जा सकता था।

वह मिमी भी कैसी असहनीय औरत थी! उसकी उपस्थिति में सबकी ज़ुबान सूख जाती। उसे हर चीज़ अनुचित दिखाई पड़ती थी। इसके अलावा वह कोंच-कोंचकर हमसे कहती थी—"फ्रांसीसी में क्यों नहीं बोलते?" —ख़ास कर ऐसे मौक़ों पर, जब हम रूसी में बोलने के लिए तड़प रहे होते। हम सोचते, वह लड़कियों की टीचर है—हमारे मामलों में क्यों टाँग अड़ाती है?

"माँ से कहो—हम भी शिकार पर जाना चाहते हैं।" कात्या ने मेरे कोट का आस्तीन खींचकर फुसफुसाते हुए कहा।

"अच्छा देखो, कोशिश करेंगे।" मैंने कहा।

ग्रीशा हमारे खानेवाले कमरे में ही भोजन करता था—लेकिन अलग मेज़ पर। उसकी आँखें प्लेट पर जमी रहतीं—कभी-कभी वह लम्बी साँसें भरता, भयानक भंगिमाएँ बनाता और बुड़बुड़ाता जाता—"अफ़सोस—उड़ गया, कबूतर स्वर्ग की तरफ़ उड़ गया...आह, क़ब्र पर पत्थर है।" इत्यादि।

माँ सुबह से ही काफ़ी चिन्तामग्न थीं—ग्रीशा की मौजूदगी, शब्दों और भाव-भंगिमाओं ने उन्हें और भी अधिक बेचैन कर दिया था।

"अरे हाँ, मैं तुमसे एक बात कहना ही भूल गई।" उन्होंने पिताजी को सूप की प्लेट देते हुए कहा।

"कौन-सी बात?"

"मेहरबानी करके अपने कमीने कुत्तों को बन्द करके रखा करो... आज वे बेचारे ग्रीशा को काटने दौड़े थे। किसी दिन वे बच्चों पर भी झपट सकते हैं।"

अपना नाम सुनकर ग्रीशा मेज़ की ओर मुड़ और अपने फटे-पुराने कपड़ों को दिखाता हुआ बड़बड़ाया, "हाँ-हाँ...वे मुझे मार डलते...ईश्वर की मर्ज़ी नहीं थी...दूसरे आदमियों पर कुत्तों को दौड़ाना पाप है...न न भाई, उन्हें पीटो मत...पीटने से क्या फ़ायदा! ईश्वर सबको माफ़ कर देगा...सबको!"

"यह आदमी कह क्या रहा है?" पिताजी ने सख़्ती से उसकी ओर देखते हुए कहा, "मैं एक लफ़्ज़ नहीं समझ सकता।"

"मैं समझती हूँ।" माँ ने कहा, "वह कह रहा है कि एक नौकर ने जानबूझकर शिकारी कुत्ते को उस पर छोड़ा था—लेकिन वह यह नहीं चाहता कि उस नौकर को कोई सज़ा दी जाए।"

"अच्छा, यह बात है।" पिताजी ने कहा, "इसे कैसे मालूम कि मैं नौकर को सज़ा दूँगा—सच पूछो, तो ऐसे लोग मुझे ज़रा भी पसन्द नहीं।" उन्होंने फ्रांसीसी में कहा।

"ऐसा न कहो..." माँ ने आतंकित स्वर में कहा, "क्यों? इसमें क्या बात है, जो तुम्हें पसन्द नहीं आती?"

"अरे, मैं इन्हें ख़ूब जानता हूँ। ये साधू-सन्त जो तुमसे मिलने आते हैं, सब एक ही थाली के चट्टे-बट्टे हैं।"

ज़ाहिर था, मेरी माँ उनसे सहमत नहीं थीं, लेकिन वह बहस में नहीं पड़ना चाहती थीं।

"मुझे समझ में नहीं आता कि अपने को अक़्लमन्द, शिक्षित कहनेवाले लोग कैसे इन लोगों की धोखाधड़ी में पड़ जाते हैं..." पिताजी ने मुस्कराते हुए कहा। उन्हें मालूम था कि उनकी ऐसी बातें माँ को क़तई पसन्द नहीं आतीं।

"एक बात मैं ज़रूर कहूँगी..." माँ ने कहा, "ये लोग, जो गर्मी-सर्दी नंगे पाँवों भटकते रहते हैं, अपने कपड़ों के भीतर मन-मन भारी ज़ंजीरों को पहने रहते हैं, हर सुख-सुविधा को ठुकराते हैं—मुझे विश्वास नहीं होता कि यह सब कुछ वे महज़ आलस के कारण करते हैं—और जहाँ तक इनकी भविष्यवाणियों का सवाल है मैंने तुमसे एक बार कहा था कि किस तरह किरुयश्का ने मेरे पिता को उनकी मृत्यु का जो दिन और समय बताया था, वह हू-ब-हू सही निकला था।"

भोजन ख़त्म हो चला था। ल्यूबा और कात्या बराबर हमारी तरफ़ देखते हुए आँखें मटका रही थीं, अपनी कुर्सियाँ खिसका रही थीं—उनकी बेचैनी हमसे छिपी नहीं थी। इस सबका एक ही मतलब था कि हम पिताजी से कहें कि वह उन्हें भी शिकार पर साथ ले जाएँ। मैंने वोलोद्या को कुहनी मारी—और आख़िर हौसला बटोरकर उसने शुरू में झिझकते हुए—

और बाद में स्पष्ट और ऊँचे स्वर में पिताजी से कहा, "चूँकि आज रात हम मास्को जा रहे हैं, यह अच्छा होगा अगर लड़कियाँ भी हमारे साथ शिकार पर चलें।" बड़ों के बीच थोड़ी-सी बहस हुई—आख़िर फ़ैसला हमारे पक्ष में हुआ—इससे भी बढ़िया बात यह हुई कि माँ भी हमारे साथ जाने के लिए तैयार हो गईं।

# शिकार की तैयारी

जैकब को आदेश दिया गया कि वह घोड़ा गाड़ी, कुत्तों और घोड़ों को झटपट तैयार कर डाले। वोलोद्या का घोड़ा लँगड़ा रहा था, अत: पिताजी ने उसके लिए एक 'शिकारी घोड़े' को मँगवा भेजा। शिकारी घोड़े का नाम सुनते ही माँ के कान खड़े हो गए—मानो वह कोई भयानक, हिंस्र जन्तु हो जो सचमुच वोलोद्या की बोटी-बोटी फाड़ डालेगा। यद्यपि पिताजी और वोलोद्या ने माँ को हज़ारों आश्वासन दिये कि डरने की कोई बात नहीं है, वह बराबर घबराती रहीं।

भोजन समाप्त हो चुका था। बड़े-बुज़ुर्ग लोग कॉफ़ी पीने दूसरे कमरे में चले गए और हम भागते हुए बाग़ में आ बैठे। पगडंडियों पर पीले पत्तों की सरसराहट सुनते हुए हम आपस में बातें करने लगे। किन्तु अपनी विदाई के बारे में हमने एक शब्द भी नहीं कहा। घोड़ागाड़ी के पहियों की गड़गड़ाहट सुनकर हम चुप हो गए। गाड़ी के दोनों तरफ़ कोनों में आदमी बैठे थे और उसके पीछे-पीछे घोड़े दौड़ाते नौकर शिकारी कुत्तों के साथ आ रहे थे। सबसे पीछे हमारा कोचवान इग्नात वोलोद्या मेरे घोड़ों की बागडोर पकड़े आ रहा था। उन्हें देखते ही हम तेज़ी से घर की तरफ़ भागने लगे,

ताकि जल्द-से-जल्द शिकारी वेशभूषा पहनकर तैयार हो सकें। हम चाहते थे कि तैयार होकर हम पोर्च में आ सकें, जहाँ से हम घोड़ों और कुत्तों को देख सकते थे और शिकारियों से जी भरकर गप्पें मार सकते थे।

वह काफ़ी गर्म दिन रहा होगा। सुबह से ही क्षितिज पर बड़े-बड़े सफ़ेद बादल जमा होने लगे थे। हवा के झोंकों से वे पास-पास सरक आए थे जिससे कभी-कभी वे सूरज को छिपा लेते थे। किन्तु वे आँधी के बादल नहीं थे, जो हमारे मनोरंजन में बाधा पहुँचा सकते। शाम होते-होते वे आकाश में बिखर गए। सिर्फ़ एक काला बादल पूर्वी आकाश में ठहर गया। कार्ल इवानिच एकदम जान जाते थे कि कौन-सा बादल कहाँ जाएगा। उन्होंने कहा कि यह बादल मास्को जाकर दम लेगा, बारिश नहीं होगी और सारे दिन मौसम सुन्दर रहेगा।

फोका अपनी उम्र के बावजूद भागता हुआ सीढ़ियाँ उतरकर नीचे चला आया और ऊँची आवाज़ में चिल्लाया, "चलिए, आगे बढ़िए." और टाँगें फैलाकर दहलीज़ और दरवाज़े के बीच खड़ा हो गया, जहाँ कोचवान को गाड़ी खड़ी करनी थी। घर की औरतें नीचे आईं, कुछ देर तक बहस करती रहीं कि कौन कहाँ बैठेगा और फिर छतरियाँ खोलकर गाड़ी में अपनी-अपनी जगह बैठ गईं। जब घोड़ागाड़ी चलने लगी, माँ ने काँपते स्वर में पूछा, "क्या व्लादिमीर पेट्रोविच का घोड़ा यही है?" कोचवान ने हामी भरी और माँ ने हाथ हिलाकर अपना मुँह दूसरी तरफ़ मोड़ लिया।

"मैं बेसब्री से अपने घोड़े पर सवार हो गया और उसे आँगन के चारों तरफ़ घुमाने लगा।

"मेहरबानी करके कहीं किसी कुत्ते को न कुचल देना!" किसी आदमी ने मुझसे कहा।

"घबराने की बात नहीं—मैं पहली बार घोड़े पर नहीं चढ़ रहा हूँ।" मैंने गर्व से कहा।

वोलोद्या अपने शिकारी घोड़े पर सवार हो गया। यद्यपि उसमें साहस की कमी न थी, फिर भी उसने कई बार काँपते स्वर में पूछा, "यह घोड़ा ठीक है न?"

घोड़े की पीठ पर वह फबता भी ख़ूब था—बिलकुल वयस्क आदमी की तरह। कसी हुई पतलून में उसकी जाँघें काठी पर इतनी सुन्दर दीख रही थीं कि मैं ईर्ष्यालु हुए बिना नहीं रह सका—ख़ास कर जब मैं अपनी छाया को देखता था, तो उसकी तुलना में अपने को बहुत छोटा पाता था।

और तब सीढ़ियों पर हमें पिताजी की पदचाप सुनाई दी। कुत्तों के रखवाले ने अपने आसपास भागते कुत्तों को इकट्ठा किया और अन्य शिकारी अपने-अपने घोड़ों पर सवार हो गए। पिताजी भी अपने घोड़े पर चढ़ गए और हम शिकार के लिए रवाना हो गए।

# शिकार

तुर्का शिकारी सबसे आगे था। उसने एक फटा-पुराना हैट पहन रखा था, अपने कन्धों के पीछे एक बहुत बड़ा बिगुल लटका रखा था और नीचे पेटी पर एक शिकारी चाकू झूल रहा था। उस आदमी के गम्भीर और भयानक चेहरे को देखकर लगता था मानो वह शिकार खेलने नहीं, रणक्षेत्र में अपनी जान की बाज़ी लगाने जा रहा है। उसके घोड़े के पीछे शिकारी कुत्तों का लश्कर भागा जा रहा था। जब कोई कुत्ता लश्कर से पीछे छूट जाता, बेचारे पर तुरन्त चाबुक पड़ती थी और वह भागता हुआ दुबारा अपने गिरोह में शामिल हो जाता। जब हम गेट से बाहर आए, पिताजी ने हमें और अन्य शिकारियों को सड़क पर चलने के लिए कहा और स्वयं खेतों की तरफ़ मुड़ गए।

ख़ूब ज़ोर-शोर से अनाज काटने का काम चल रहा था। अन्तहीन, पीले खेतों के एक ओर लम्बा, नीला जंगल था, जो उन दिनों मुझे बहुत ही रहस्यमय जान पड़ता था—एक ऐसा प्रदेश, जहाँ दुनिया ख़त्म हो जाती है या वीरान देश शुरू हो जाते हैं। हर जगह किसान और अनाज के ढेर दिखाई देते थे। कहीं-कहीं अनाज बटोरती हुई औरतों की झुकी पीठें दिखाई दे जाती थीं।

एक-दूसरी जगह किसान गाड़ियों में कटा हुआ अनाज ढो रहे थे जिससे सूखे पपड़ाए खेत पर धूल उड़ रही थी। गाँव के चौधरी ने पिताजी को देखते ही अपना हैट उतारा और तौलिए से अपना सिर और सुर्ख़ रंग की दाढ़ी पोंछने लगा।

जब हम कालीना वन में पहुँचे, वहाँ एक घोड़ागाड़ी पहले से ही हमारी प्रतीक्षा में खड़ी थी। हमारे आश्चर्य की कोई सीमा न रही जब हमने उस पर अपने रसोइये को बैठे देखा। गाड़ी में घास-फूस के नीचे एक समोवार और आइसक्रीम का बॉक्स भी रखा था। साथ में कुछ और थैले और पोटलियाँ थीं। हमें अनुमान लगाते देर न लगी कि आइसक्रीम और फलों के साथ आज चाय-पान बाहर ही किया जाएगा। अनजाने स्थानों में खाने-पीने का सुख निराला होता है—हमारी ख़ुशी का कोई ठिकाना न रहा।

तुर्का गाड़ी के पास चला आया, पिताजी के आदेशों को ध्यान से सुना (हालाँकि करता वह मनमानी ही था), कुत्तों को खुला छोड़ दिया फिर दुबारा घोड़े पर चढ़कर सीटी बजाता हुआ पेड़ों के झुरमुट में ग़ायब हो गया, आज़ाद कुत्तों ने पहले अपनी ख़ुशी पूँछें हिलाकर ज़ाहिर की, अपने शरीरों को हल्के-से हिलाया-डुलाया और फिर उसके बाद ही हवा को सूँघते, पूँछें हिलाते हुए वे विभिन्न दिशाओं में भागने लगे।

"तुम्हारे पास रूमाल है?" पिताजी ने पूछा।

मैंने जेब से रूमाल निकालकर उन्हें दिखाया।

"अच्छा, अब उस कुत्ते से यह रूमाल बाँध दो।"

"कौन ज़िहरान?" मैंने एक दक्ष शिकारी के स्वर में पूछा।

"हाँ—और अब उस सड़क पर भागते जाओ—जब घास का मैदान आए, तब रुक जाना। और देखो—जब तक कोई ख़रगोश न पकड़ लो, वापस मत आना।"

मैंने ज़िहरान के घने बालोंवाली गर्दन पर रूमाल बाँधा और नियुक्त स्थान की ओर भागने लगा। पिताजी हँसते हुए चिल्लाए, "जल्दी...झटपट भागो...वरना देर हो जाएगी।"

ज़िहरान बार-बार रुक जाता था और कान खड़े करके शिकारियों की पुकारों को सुनने लगता था। वह एक जगह अड़ जाता था, तो उसे हिलाना आसान नहीं था। एक-दो बार तो उसने इतने ज़ोर से मुझे अपनी तरफ़ खींचा कि मैं गिरते-गिरते बचा। आख़िर नियुक्त स्थान पर पहुँचकर मैं एक घने, छायादार पेड़ के नीचे घास पर लेट गया और ज़िहरान को पास बिठाकर प्रतीक्षा करने लगा। ऐसे क्षणों में मेरी कल्पना वास्तविक दुनिया को पीछे छोड़कर कुलाँचें मारने लगती थी। मैं सोचने लगा मानो मैं दो ख़रगोश मारकर तीसरे ख़रगोश का शिकार कर रहा हूँ। तभी मुझे जंगल से एक शिकारी कुत्ते की आवाज़ सुनाई दी और उसके ऊपर तुर्का की हुंकारती आवाज़ की गूँज। फिर एक कुत्ते की चीख़ बार-बार सुनाई देने लगी...फिर एक साथ बहुत-सी गहरी आवाज़ें, ऊपर उठती हुई, नीचे गिरती हुई, एक-दूसरे को कहती हुई एक ऊँचे घुरघुराते कोरस में बदल गईं।

इन आवाज़ों को सुनते ही मेरे पाँव ज़मीन से चिपक गए। मैं खोया-सा मुस्कराने लगा और मेरे चेहरे पर पसीने की धार बहने लगी। मुझे लगा मानो यह कोई निर्णयात्मक क्षण हो, जो अधिक देर तक नहीं टिक सकता। कभी शिकारी कुत्ते भौंकते-हाँफते मेरे पास आ जाते, कभी दूर चले जाते—ख़रगोश का कहीं अता-पता न था। मैं चारों तरफ़ देखने लगा...ज़िहरान का भी वही हाल था। पहले वह खींचतान करता भौंक रहा था—लेकिन अब मेरी गोद में सिर रखे चुपचाप लेटा था।

अचानक ज़िहरान ज़ोर-ज़ोर से चीख़ने लगा और इस तरह अपने को खींचकर आगे की तरफ़ लपका कि मैं मुश्किल से अपने को गिरने से बचा पाया। पीछे मुड़कर देखता हूँ तो सहसा मुझे ख़रगोश भागता दिखाई दिया—उसका एक कान चपटा था और दूसरा बिलकुल सीधा खड़ा था। मेरी धमनियों में तेज़ी से ख़ून बहने लगा, मैं उस क्षण सब कुछ भूलकर ज़ोर से चिल्लाया, कुत्ते को ढीला छोड़ दिया और ख़ुद तेज़ी से भागने लगा। लेकिन तब तुरन्त मुझे अपनी ग़लती का आभास हुआ। मुझे देखकर ख़रगोश दुबका और फिर एक लम्बी छलाँग मार मेरी आँखों से ग़ायब हो गया।

लेकिन सबसे अधिक शर्म मुझे तब आई, जब चीख़ते-भौंकते कुत्तों के पीछे मुझे झाड़ियों से तुर्का आता दिखाई दिया। उसने मेरी ग़लती देख ली थी (मेरी ग़लती सिर्फ़ यह थी कि मैं अपने को संयम में न रख सका था)। उसने हिकारत के भाव से मेरी ओर देखकर सिर्फ़ इतना कहा, "वाह जनाब!" लेकिन जिस स्वर में उसने यह कहा, उसने मुझे पानी-पानी कर दिया। बेहतर होता, अगर यह न कहकर वह मुझे ख़रगोश की तरह अपनी काठी से लटका देता।

न जाने कितनी देर तक मैं हताश-भाव से उसी जगह खड़ा रहा, मैंने अपने कुत्ते को भी पास नहीं बुलाया...अपनी जाँघों को पीटता हुआ मैं बार-बार सिर्फ़ एक ही वाक्य दुहरा रहा था, "हे ईश्वर, मैंने यह क्या कर दिया?"

कुत्तों की पदचाप मुझसे दूर होती गई—धुँधले ढंग से मुझे उनकी आवाज़ों से पता चल गया कि ख़रगोश पकड़ लिया गया है। तुर्का ने बिगुल बजाकर कुत्तों को वापस बुला लिया, लेकिन मैं जहाँ था, वहीं खड़ा रहा।

# खेल

शिकार ख़त्म हो गया। घने पेड़ों के नीचे क़ालीन बिछा दिया गया, जिस पर सब लोग दायरा बनाकर बैठ गए। हमारा रसोइया गेब्रियल तश्तरियों को साफ़ करने लगा और फलों के बक्से से आड़ू और अलूचे निकालने लगा। पेड़ों की शाख़ाओं से छनती हुई धूप क़ालीन पर, मेरी टाँगों पर, गेब्रियल के पसीने से लथपथ गंजे सिर पर रोशनी के धब्बे टिमका देती थी। जब कभी पत्तों के बीच सरसराता हवा का कोई झोंका आता, तो अपने बालों और पसीने से भीगे चेहरे पर उसका स्पर्श मुझे बहुत ही शीतल जान पड़ता था।

जब हम भरपेट आइसक्रीम और फल खा चुके, क़ालीन पर बैठना हमें व्यर्थ जान पड़ा। तिरछी धूप की चिलचिलाती गर्मी के बावजूद हम बाहर खेलने निकल गए।

"अच्छा...कौन-सा खेल?" ल्यूबा ने धूप में आँखें झिपझिपाते पूछा, "आओ...रॉबिन्सन का खेल खेलें।"

"अरे नहीं...उससे मन ऊब जाएगा।" वोलोद्या ने घास पर लेटे-लेटे कहा,

"तुम्हें हमेशा रॉबिन्सन की ही सूझती है...इससे बेहतर तो यह है कि हम फूल-पत्तों का घर तैयार करें।"

वोलोद्या सचमुच नखरे बघार रहा था। शिकारी घोड़े पर चढ़ा था, जो अब दूसरों पर रौब गाँठ रहा था कि वह कितना अधिक थक गया है। लेकिन शायद यह कारण भी रहा हो कि उसमें इतनी अधिक सूझ-बूझ और इतनी कम कल्पना-शक्ति थी कि रॉबिन्सन के खेल से बहुत जल्द ऊब जाता था। हमने कुछ दिन पहले ही 'स्विस परिवार रॉबिन्सन' पढ़ी थी और हम इस खेल में उस किताब के अनेक दृश्यों का प्रदर्शन करते थे।

"अरे तुम हमारा मज़ा क्यों बिगाड़ रहे हो..." कात्या ने उसके कोट की आस्तीन खींचते हुए कहा, "तुम चाहो तो किसी का भी पार्ट खेल सकते हो।"

"नहीं भाई...हमारा मन नहीं करता।" वोलोद्या ने जम्हाई लेते हुए कहा। वह आत्म-तुष्ट भाव से मन्द-मन्द मुस्करा रहा था।

"नहीं खेलना था, तो घर में बैठते।" ल्यूबा ने रुँधे कंठ से कहा। वह सचमुच रोंदू लड़की थी।

"अच्छा भई...चलो! यहाँ रोना-धोना मत करो।" वोलोद्या ने कहा।

किन्तु वोलोद्या की कृपापूर्ण रज़ामन्दी से हमें ज़्यादा प्रसन्नता नहीं हुई। उसके ऊबे, आलस्यपूर्ण हाव-भाव ने खेल का मज़ा ख़त्म कर दिया। जब हम ज़मीन पर बैठकर नाव खेने और मछली पकड़ने की कल्पना कर रहे थे, वोलोद्या हाथ-पर-हाथ धरे बैठा रहा। जब मैंने उससे कहा कि इस तरह वह बिलकुल मछुआ नहीं दिखाई देता तो उसने साफ़ कह दिया कि इस तरह हवा में हाथ हिलाने का कोई फ़ायदा नहीं। जब शिकार खेलने के दृश्य में मैं लकड़ी को बन्दूक़ की तरह कन्धे पर रखकर जंगल की तरफ़ जाने लगा, वोलोद्या सिर के नीचे हाथ धरे लेटा रहा और मुझसे बोला कि वह भी अपनी कल्पना में शिकार खेलने जा रहा है। इस तरह की उसकी बातों ने रंग में भंग कर दिया...हमें उसकी बातें और भी अखर रही थीं क्योंकि कहीं भीतर हम जानते थे कि वह जो कुछ कर रहा है, ठीक और तर्कसंगत है।

यों मैं अच्छी तरह जानता था कि छड़ी से पक्षी मारना तो दूर रहा, गोली चलाना भी असम्भव है। यह सब खेल था। अगर कोई खेल में तर्क करने लगे तो कुर्सियों को घोड़ागाड़ी मानना भी असम्भव हो जाए...ख़ुद वोलोद्या को मालूम था कि किस तरह जाड़े की लम्बी शामों में हम आरामकुर्सी पर शॉल ढककर उसे घोड़ागाड़ी बना देते थे। हममें से कोई आगे की तरफ़ कोचवान बनकर बैठ जाता था, दूसरा पीछे 'फुटमैन बनकर बैठता था, लड़कियाँ बीच में बैठ जाती थीं, तीन कुर्सियाँ घोड़ों में बदल जाती थीं...और हम अपनी यात्रा शुरू कर देते थे। उस यात्रा में न जाने कितनी दिलचस्प, सनसनीखेज़ घटनाएँ होती थीं। इस तरह ख़ुशी-ख़ुशी, चुटकी बजाते ही सर्दी की लम्बी शामें गुज़र जाती थीं। अगर हम वास्तविकता से चिपके रहें, तो शायद कोई भी खेल सम्भव नहीं...और अगर खेल न हो, तो दुनिया में हमारे लिए बचा ही क्या रहेगा?

# पहले प्रेम का आभास

ल्यूबा खेल-खेल में पेड़ से किसी अमेरिकी फल को तोड़ने का उपक्रम कर रही थी कि सहसा पत्ती के साथ-साथ एक बड़ी-सी इल्ली (केटर पिलर) उसके हाथ में आ गई। भयभीत होकर उसने झट इल्ली को ज़मीन पर फेंक दिया और इस तरह छिटककर अलग खड़ी हो गई मानो उसे ख़तरा हो कि इल्ली से कोई भयानक चीज़ निकलकर बाहर आ जाएगी। हमारा खेल रुक गया और हम सब दौड़ते हुए उस जगह आकर खड़े हो गए जहाँ वह अद्भुत चीज़ पड़ी थी।

जब काट्या एक पत्ते से इल्ली को उठाने की कोशिश कर रही थी, मेरी आँखें अकस्मात उसके कन्धों पर जा ठिठकीं। मैंने कई बार देखा कि जब छोटी लड़कियों के कन्धों से नीचे गले की फ्राक फिसल जाती थी, वे बार-बार अपने कन्धे सिकोड़ने लगती थीं। मुझे याद आया कि मिमी उनकी ऐसी हरकतों पर हमेशा ग़ुस्से में झल्लाकर कहती थी, "इस तरह नौकरानियाँ करती हैं...भले घर की लड़कियाँ नहीं।" इल्ली पर झुकी काट्या ने भी वही हरकत की—तभी हवा के झोंके से उसका रेशमी स्कार्फ उसके सफ़ेद कन्धों से उठ गया।

उस समय उसके कन्धों और मेरे होंठों के बीच सिर्फ़ दो इंच का फ़ासला रहा होगा। मुझे इल्ली का कोई ध्यान नहीं रहा...मैं बराबर एकटक आँखों से उसी एक जगह को देखता जा रहा था और तब मैंने पूरी शक्ति से काट्या का कन्धा चूम लिया। वह पीछे नहीं मुड़ी—लेकिन मैंने देखा कि उसकी गर्दन और कान बिलकुल सुर्ख़ हो गए हैं। वोलोद्या ने बिना सिर उठाए हिकारत-भरे स्वर में कहा, "वाह, इतना प्यार!"

किन्तु मेरी आँखों में आँसू थे।

मैंने काट्या से अपनी आँखें नहीं हटाईं। मैं उसके छोटे-से सफ़ेद ताज़े चेहरे को देखने का आदी था। मुझे वह हमेशा से अच्छा लगता आया था। किन्तु अब मैंने उसे ग़ौर से देखा और वह मुझे पहले से भी अधिक अच्छा लगा।

जब हम बड़े लोगों के पास लौटे, पिताजी ने हमें यह ख़ुशख़बरी सुनाई कि माँ के आग्रह पर हमारा मास्को जाना कल सुबह तक टल गया है। यह ख़बर सुनकर हमारी ख़ुशी का कोई अन्त नहीं रहा।

हम घोड़ों पर चढ़कर गाड़ी के पास लौट आए। रास्ते में मैं और वोलोद्या घुड़सवारी में एक-दूसरे को मात देने की कोशिश में लगे रहे। अब ज़मीन पर मुझे अपनी छाया पहले से अधिक लम्बी दिखाई दी और मुझे लगा कि मेरा डील-डौल भी एक ख़ूबसूरत घुड़सवार से किसी तरह कम नहीं है। लेकिन मेरा आत्म-सन्तोष जल्दी ही नष्ट हो गया। गाड़ी में बैठे लोगों पर रौब जमाने के लिए मैं ज़रा पीछे हो लिया और फिर घोड़े को एड़ी और चाबुक मारकर मैं झपाटे से गाड़ी के उस हिस्से की ओर से निकल पड़ा, जहाँ काट्या बैठी थी। किन्तु उसी समय न जाने मेरे बेवक़ूफ़ टट्टू को क्या सूझी कि गाड़ी पास पहुँचते ही वह अड़कर खड़ा हो गया। मेरी सारी कोशिशें नाकाम गईं—और वह रुका भी कुछ ऐसे झटके से, कि मैं काठी से फिसलकर मुँह के बल उसकी गर्दन पर आ पड़ा और बड़ी मुश्किल से अपने को नीचे लुढ़कने से बचा पाया।

# वापस घर में

जब हम घर लौटे, शाम घिरने लगी थी। माँ पियानो बजाने बैठ गईं। हम सब बच्चे पेंसिल, काग़ज़ और रंग लेकर एक गोल मेज़ के इर्द-गिर्द बैठ गए और चित्र बनाने लगे। मेरे पास सिर्फ़ नीला रंग था और मैं आखेट का चित्र बनाना चाहता था। मैंने बहुत जीवन्त ढंग से नीला घोड़ा, नीले कुत्ते और एक नीले लड़के के चित्र बनाए। मैं पूरी तरह से निश्चिन्त न था कि क्या नीले रंग का ख़रगोश भी बनाया जा सकता है और मैं भागता हुआ पिताजी से पूछने गया कि नीले रंग के ख़रगोश होते हैं या नहीं। "हाँ, भई होते क्यों नहीं।" पिताजी ने बिना सिर उठाए कहा। मैं दुबारा मेज़ के पास आकर नीला ख़रगोश बनाने लगा, किन्तु फिर मैंने ख़रगोश को झाड़ी में बदलना ज़रूरी समझा। फिर उसे एक पेड़ में बदल दिया, फिर पेड़ की जगह अनाज के ढेर ने ले ली और अनाज का ढेर एक बादल बन गया। बाद में मैंने सारे काग़ज़ पर नीला रंग फैला दिया और झुँझलाकर काग़ज़ को छोटी-छोटी चिप्पियों में फाड़ दिया—और फिर आरामकुर्सी पर हाथ-पर-हाथ धरकर अपने सपनों में खो गया।

माँ पियानो पर अपने संगीत-शिक्षक फ़ील्ड का द्वितीय कन्चर्टो बजा रही थीं—उसे सुनते हुए मेरी कल्पना में उज्ज्वल, पारदर्शी स्मृतियाँ उमड़ने लगीं। फिर वह बीथोवन का 'पैथेटिक सोनारा' बजाने लगीं—और तब मुझे अपने भीतर कुछ बहुत उदास, ग़मगीन और बोझिल महसूस होने लगा। माँ अक्सर जिन संगीत-अंशों को बजाया करती थीं, उन्हें सुनकर मुझमें जो अनुभूति जगती थी, उसे मैं आज भी याद कर सकता हूँ। वह अनुभूति स्मृतियों से मिलती-जुलती थी, लेकिन किसकी स्मृतियाँ? ऐसा लगता था मानो मैं कुछ ऐसी चीज़ों को याद कर रहा हूँ, जिनका कभी कोई अस्तित्व नहीं रहा।

मेरे सामने पिताजी का कमरा था। जैकब और कुछ दूसरे लोग वहाँ आते-जाते दिखाई दे जाते थे। जब वे भीतर जाते, दरवाज़ा बन्द हो जाता। "अब काम शुरू हो गया है।" मैं सोचता। उस कमरे में जो कुछ हो रहा होता, वह मुझे दुनिया में सबसे महत्त्वपूर्ण जान पड़ता। मेरी यह धारणा और भी पक्की हो जाती जब मैं देखता कि दरवाज़े के पास पहुँचते ही लोग पंजों के बल चलने लगते हैं और फुसफुसाते हुए बातचीत करते हैं। दरवाज़े के पीछे से पिताजी की आवाज़ सुनाई देती और सिगार की गन्ध बाहर आती, जो न जाने क्यों मुझे बेहद आकर्षित करती थी।

मैं ऊँघने लगा और आधी नींद में मुझे स्टीवर्ड के कमरे में जूतों की पदचाप सुनाई दी। कार्ल इवानिच हाथों में कुछ काग़ज़ लिये बहुत ग़मगीन मुद्रा में आते दिखाई दिये और हल्के से पिताजी के कमरे का दरवाज़ा खटखटाने लगे। दरवाज़ा खुला और वह भीतर दाख़िल हो गए।

"हे ईश्वर—कोई आफ़त न आ जाए!" मैंने मन-ही-मन सोचा, "कार्ल इवानिच ग़ुस्से में हैं—वह कुछ भी कर सकते हैं।"

मैं दुबारा ऊँघने लगा।

कोई आफ़त नहीं आई, एक घंटे बाद कार्ल इवानिच के जूतों की आवाज़ ने मुझे फिर जगा दिया। वह रूमाल से अपने गालों पर बहते आँसुओं को पोंछते हुए बाहर आए और कुछ बुड़बुड़ाते हुए सीढ़ियाँ चढ़ने लगे। उनके पीछे-पीछे पिताजी आते दिखाई दिये।

"जानती हो—मैंने अभी-अभी क्या फ़ैसला लिया है?" उन्होंने प्रसन्न भाव से माँ के कन्धों पर हाथ रखकर कहा।

"कैसा फ़ैसला?"

"मैं बच्चों के साथ कार्ल इवानिच को भी ले जा रहा हूँ। गाड़ी में जगह काफ़ी है। बच्चे उनसे हिल-मिल गए हैं और वह भी उन्हें बहुत चाहते हैं—आख़िर सात सौ रूबल के सालाना ख़र्च से हमें कोई अन्तर नहीं पड़नेवाला।"

"मुझे सचमुच बहुत ख़ुशी है—उनके और बच्चों, दोनों के लिए।" माँ ने कहा, "यों भी कार्ल इवानिच बहुत भले आदमी हैं।"

"तुम ज़रा देखतीं, वह किस तरह पिघल गए जब मैंने कहा कि मैं उन्हें इनाम में पाँच सौ रूबल दे रहा हूँ...लेकिन मज़े की बात यह बिल है, जो उन्होंने मुझे दिया था।" उन्होंने मुस्कराते हुए कार्ल इवानिच के हाथों लिखा एक काग़ज़ माँ को देते हुए कहा, "बिलकुल अद्‌भुत!"

काग़ज़ में कार्ल इवानिच ने तरतीब से उन सब चीज़ों के पैसे माँगे थे, जो समय-समय पर उन्होंने उपहार-स्वरूप बच्चों को दी थीं। इससे शायद यह निष्कर्ष निकालना स्वाभाविक होगा कि वह पैसे के लालची, आत्मलिप्त क़िस्म के आदमी होंगे। किन्तु उनके बारे में ऐसी धारणा बिलकुल ग़लत होगी।

जब वह काग़ज़ हाथ में लिये पिताजी के कमरे में आए, उन्होंने पहले से ही पूरा भाषण सोच रखा था। वह पिताजी को यह बताना चाहते थे कि उनके घर में रहकर वह कैसे-कैसे अन्याय, अपमान भुगत चुके हैं। किन्तु बीच में बोलते हुए वह काफ़ी गड़बड़ा गए, उनकी आवाज़ काँपने लगी और उन्होंने जेब से अपना पुराना धारीदार रूमाल निकाल लिया, "हाँ जनाब!" उन्होंने रुँधे कंठ से कहा। (यह सब उनके भाषण में नहीं था) "मैं बच्चों का इतना आदी हो गया हूँ कि मुझे समझ में नहीं आता कि उनके बग़ैर क्या करूँगा...मैं बिना वेतन के आपकी सेवा करने को तैयार हूँ।" उन्होंने एक हाथ से आँसू और दूसरे हाथ से बिल बढ़ाते हुए कहा।

कार्ल इवानिच उस क्षण पूरी ईमानदारी से बोल रहे थे, वह मैं अपने अनुभव से कह सकता हूँ, लेकिन उस बिल का उनके शब्दों से कैसे जोड़-तोड़ मिलाया जाए, यह आज तक मेरे लिए रहस्य बना है।

"अगर तुम्हें हमें छोड़ते हुए इतना बुरा लग रहा है, तो हमें तुम्हें छोड़ते हुए और भी ज़्यादा बुरा लगेगा।" पिताजी ने उनका कन्धा थपथपाते हुए कहा, "मैंने अपना इरादा बदल दिया है।"

भोजन से कुछ देर पहले ग्रीशा कमरे में आया। जब से वह हमारे घर आया था, उसका रोना-बिलखना ख़त्म नहीं हुआ था। जो लोग भविष्यवाणियों में विश्वास करते हैं, उनकी दृष्टि में यह अपशकुन की निशानी थी। वह विदा लेने आया था—कल सुबह उसे चले जाना था। मैंने वोलोद्या को देखकर आँख झपकाई और कमरे से बाहर चला आया।

"क्या बात है?" वोलोद्या ने पूछा।

"अगर तुम ग्रीशा की ज़ंजीरें देखना चाहते हो, तो झटपट ऊपर नौकरों के क्वार्टर में चले जाओ। ग्रीशा दूसरे कमरे में सोता है—हम अलमारी में बैठकर सब कुछ अच्छी तरह देख सकते हैं।"

"बहुत ख़ूब! ज़रा ठहरो, मैं लड़कियों को बुलाता हूँ।"

लड़कियाँ भागती हुई आईं और हम ज़ीना चढ़कर ऊपर चले आए। सबसे पहले अँधेरी अलमारी में कौन दाख़िल होगा, इस बारे में थोड़ी-बहुत बहस के बाद हम चुपचाप बैठकर प्रतीक्षा करने लगे।

# ग्रीशा

अँधेरी अलमारी में हमें काफ़ी डर लग रहा था। हम चुपचाप एक-दूसरे से सटकर बैठे थे। हमारे तुरन्त बाद ग्रीशा धीमे क़दमों से कमरे में आया। उसके हाथ में डंडा था और दूसरे हाथ में बड़ी-सी मोमबत्ती। हमारे लिए साँस लेना भी दूभर हो गया।

"हे यीशु—हे प्रभो! हे परम परमात्मा!" उसने लम्बी साँसों के बीच बुड़बुड़ाते हुए कहा। फिर उसने कोने में डंडा रखा और अपने कपड़े उतारने लगा। उसने पहले अपनी कमर से पुरानी काले रंग वाली पेटी उतारी और फिर अपना फटा-पुराना कोट तहाकर कुर्सी के पीछे लटका दिया। अब उसके चेहरे पर घबराहट या जल्दबाज़ी का कोई चिह्न न था—वह अब काफ़ी शान्त, अपने विचारों में लीन और गरिमा-सम्पन्न व्यक्ति दिखाई देता था।

वह धीरे से बिस्तर पर बैठ गया, हर दिशा में सलीब का निशान बनाया और फिर अपनी क़मीज़ के नीचे बँधी ज़ंजीरों को उलटने-पलटने लगा। फिर कुछ देर बाद वह मोमबत्ती लेकर बिस्तर से उठा, धार्मिक चित्रों (आइकोन्स)

के सामने खड़ा होकर प्रार्थना की, और फिर मोमबत्ती को नीचे पलट दिया—लौ फड़ककर बुझ गई।

खिड़कियों के पीछे जंगल था, जहाँ से मरी-मरी चाँदनी कमरे के भीतर आ रही थी। एक तरफ़ भोंदू सन्त की लम्बी सफ़ेद काया चाँदनी के पीले धवल आलोक में चमक रही थी, दूसरी तरफ़ उसकी छाया फ़र्श और दीवारों पर फैलती हुई छत तक खिंच आई थी। बाहर आँगन में चौकीदार ताँबे की थाली पीट रहा था।

अपने सीने पर दोनों हाथ जोड़कर ग्रीशा सन्तों की तसवीरों के आगे खड़ा था, बार-बार लम्बी आहें भर रहा था, फिर मुश्किल से घुटनों पर झुककर वह प्रार्थना करने लगा था।

वह बहुत धीमे स्वर में प्रार्थना के शब्दों को दुहरा रहा था—फिर धीरे-धीरे उसकी आवाज़ ऊँचे उठने लगी। उसके शब्द काफ़ी ऊटपटाँग और दयनीय सुनाई पड़ रहे थे। वह अपने सब हितैषियों के लिए (जिनमें हम और हमारी माँ भी शामिल थी) प्रार्थना कर रहा था। वह अपने लिए भी ईश्वर से प्रार्थना कर रहा था कि उसके समस्त जघन्य पापों को क्षमा कर दिया जाए। वह बार-बार दुहरा रहा था, "प्रभो, मेरे दुश्मनों को क्षमा कर दीजिए!" वह कराहता हुआ ऊपर उठता था और बार-बार इन्हीं शब्दों को दुहराता हुआ फ़र्श पर गिर पड़ता था और फिर ऊपर उठता था, ज़ंजीरों के बोझ के बावजूद, जो फ़र्श से टकराकर तीखे कर्कश स्वर में खनखनाने लगती थीं।

वोलोद्या ने मेरी टाँग पर चुटकी काटी, लेकिन मैंने पीछे मुड़कर भी नहीं देखा। शिशुवत् कौतूहल, दया और भावुकता में डूबकर मैं बराबर एकटक ग्रीशा की हर गतिविधि और शब्दों का अनुकरण कर रहा था।

अलमारी में घुसते समय मैंने मनोरंजन और हँसी के ठहाकों की आशा की थी, उनके बजाय मैं अब सिर्फ़ काँप रहा था और मुझे लग रहा था जैसे मेरा दिल डूबता जा रहा है।

काफ़ी देर तक ग्रीशा समाधि में खोया रहा—अपनी ही प्रार्थनाओं के शब्दों को वह दुहराता जाता था। बार-बार वह पुकारता था, "प्रभो, दया करो!" फिर उसके स्वर में एक नई शक्ति और स्फूर्ति भर जाती, "प्रभु, क्षमा करो...हे भगवान, मुझे रास्ता दिखाओ, बताओ, मैं क्या करूँ?" उसके स्वर में कुछ ऐसा भाव होता मानो वह अपने प्रश्नों का उत्तर, अभी, बिलकुल अभी, पाना चाहता हो। फिर कुछ देर बाद केवल उसकी सिसकियाँ सुनाई देती रहीं...वह घुटनों के बल उठा, छाती पर अपने दोनों हाथ जोड़ दिये और फिर ख़ामोश हो गया।

मैंने साँस रोककर अलमारी के दरवाज़े से सिर बाहर निकाला। ग्रीशा बिना हिले-डुले निश्चल खड़ा था। उसकी छाती से गहरी गर्म आहें फूट रही थीं। उसकी दृष्टिहीन आँख की धुँधली पुतली पर एक आँसू चाँदनी में चमक रहा था।

"प्रभु, जैसी तुम्हारी इच्छा!" उसने अचानक कहा, फ़र्श पर अपना सिर टिका दिया और बच्चे की तरह सिसकने लगा।

तब से कितना समय बीत चुका है। अतीत की अनेक स्मृतियाँ अपना अर्थ खो चुकी हैं, धुँधली पड़ती गई हैं। यात्री ग्रीशा भी अपनी अन्तिम यात्रा पूरी कर चुका है। किन्तु वह अनुभूति जो उस रात उसे देख मेरे भीतर जगी थी, वह शायद कभी नहीं मिट सकेगी।

मैं जिस भाव से ग्रीशा के शब्दों को सुन रहा था, वह अधिक देर नहीं टिक सका। यह मेरा कौतूहल शान्त हो चुका था। दूसरे, एक ही स्थिति में बैठे रहने के कारण मेरे पैरों और टाँगों में सुइयाँ-सी चुभने लगी थीं। मैं मुड़कर अपने को उस कोलाहल और कानाफूसी में शामिल करना चाहता था, जो मेरे पीछे अँधेरी अलमारी में शुरू हो गई थी। किसी ने मेरा हाथ छुआ—फिर एक फुसफुसाती आवाज़ सुनाई दी, "किसका हाथ है यह?" अलमारी में निपट अँधेरा था, किन्तु हाथ के स्पर्श और आवाज़ से मैं तुरन्त कात्या को पहचान गया।

अनायास ही मैंने उसकी नंगी कुहनी को पास खींच लिया और उसकी बाँहों पर अपने होंठ दबा दिये। निस्सन्देह काट्या को मेरी इस हरकत पर काफ़ी आश्चर्य हुआ होगा क्योंकि अगले ही क्षण उसने अपनी बाँह खींच ली। उसकी बाँह अँधेरे में एक टूटी कुर्सी से जा टकराई जो अलमारी में रखी थी। ग्रीशा ने अपना सिर उठाया, धीरे से चारों तरफ़ देखा और फिर प्रार्थना दुहराता हुआ कमरे के हर कोने में सलीब का निशान बनाने लगा। हम धीरे-धीरे फुसफुसाते हुए अलमारी से बाहर भाग खड़े हुए।

# विदाई

हवा में धूल-भरी धुंध थी और क्षितिज पर बैंगनी भूरा रंग फैला था। आकाश में बादल का एक टुकड़ा भी दिखाई नहीं देता था। जब पश्चिम से हवा का कोई झोंका उठता, सड़कों और खेतों से धूल का गुबारा उड़ने लगता, नीबू के पेड़ झुक जाते और पीले पत्ते चारों तरफ़ भागने लगते। मैं खिड़की के पास बैठा था और बेचैनी से जाने की तैयारियों को देख रहा था।

विदाई से पहले परिवार के सब लोग ड्राइंग-रूम में जमा हो गए, ताकि आख़िरी बार एक-दूसरे से मिल-बोल सकें। वह कितना उदासी का क्षण था, उस समय मैं उसका रत्ती-भर अनुमान नहीं कर सका। मैं छोटी-छोटी बातों में उलझा था—कौन-सा ड्राइवर बग्घी में जाएगा और कौन-सा घोड़ागाड़ी में? पिताजी के साथ कौन बैठेगा और कार्ल इवानिच के साथ कौन? मुझे भला मफ़लर और रुई का कोट क्यों पहनाया जा रहा है—जैसे मैं कोई छुई-मुई-सा बच्चा हूँ जो छूते ही मुरझा जाएगा? काश, ये सब फ़िज़ूल की तैयारियाँ ख़त्म हो सकतीं ताकि हम झटपट गाड़ी में बैठकर रवाना हो सकते!

"बच्चों के कपड़ों की फ़ेहरिस्त किसे दूँ?" हमारी पुरानी नौकरानी नाताल्या ने माँ से पूछा। उसके हाथ में काग़ज़ का एक पुरजा था और आँखें आँसुओं में डबडबा रही थीं।

"निकलस को दे दो—और तुम आकर बच्चों से विदाई लो।"

बुढ़िया नौकरानी कुछ कहना चाहती थी, किन्तु अचानक वह चुप हो गई, रूमाल से अपना मुँह ढक लिया और हवा में हाथ हिलाकर जल्दी से कमरे से बाहर हो गई। उसकी इस मुद्रा को देखकर पीड़ा से मेरा दिल सिकुड़ने लगा, किन्तु जाने की बेचैनी मेरी सहानुभूति से कहीं ज़्यादा थी और मैं उदासीन भाव से माँ और पिता के वार्तालाप को सुनता रहा।

फोका भीतर आया और देहरी पर खड़ा हो गया। फिर उसने उसी स्वर में, जिससे वह रोज कहता था कि "खाना तैयार है" सब लोगों के सामने घोषणा की, "घोड़े तैयार हैं।" सहसा मेरा ध्यान माँ पर गया। वह एकदम पीली पड़ गई थीं मानो उन्होंने कोई अप्रत्याशित ख़बर सुनी हो।

फोका से कहा गया कि वह कमरे के सब दरवाज़े बन्द कर दे। (यात्रा शुरू करने से पहले यह चलन था कि परिवार के सब सदस्य कमरे में जमा हो जाते थे और विदाई लेने से पहले कुछ देर ख़ामोश बैठे रहते थे।) इससे मेरा बहुत मनोरंजन होता था—लगता था मानो हम किसी से छिपकर कमरे में बैठे हैं।

जब हम सब बैठ गए, फोका भी कुर्सी के किनारे पर बैठ गया। तभी दरवाज़ा खुलने की आवाज़ सुनाई दी और हम सबने पीछे मुड़कर देखा। नातालिया हड़बड़ाती हुई भीतर आई और बिना किसी की ओर देखे दरवाज़े के पास उसी कुर्सी पर बैठ गई, जिस पर फोका बैठा था। मैं आज भी फोका का गंजा सिर, उसका झुर्रियों-भरा निश्चल चेहरा और उस स्नेहशील बूढ़ी नौकरानी की झुकी देह याद कर सकता हूँ। उसने हैट पहन रखा था, जिसके नीचे उसके सफ़ेद बालों की लटें बाहर छितर आई थीं। वे दोनों एक ही कुर्सी पर बैठे थे और दोनों ही दुविधा में गड़े जा रहे थे।

किन्तु मेरा अधीर मन उनमें नहीं था। हम बन्द कमरे में मुश्किल से दस सेकेंड बैठे होंगे लेकिन मुझे लगा जैसे एक घंटा बीत गया है। आख़िर हम उठ खड़े हुए, सलीब का निशान बनाया और एक-दूसरे से विदाई लेने लगे। पिताजी ने माँ को आलिंगन में भर लिया और बार-बार उन्हें चूमने लगे।

"घबराओ नहीं..." उन्होंने माँ को धीरज बँधाते हुए कहा, "हम कोई हमेशा के लिए जुदा नहीं हो रहे।"

"हाँ...लेकिन इससे रंज कम नहीं होता।" माँ का स्वर आँसुओं से रुँधा जा रहा था।

जब मैंने उनका ऐसा स्वर सुना और उनके थरथराते होंठों और आँसुओं में डबडबाई आँखों को देखा, तो मैं सहसा सब कुछ भूल गया और कुछ इस क़दर उदास, क़ातर और भयभीत-सा हो उठा कि उनसे विदाई लेने के बजाय मेरे मन में इच्छा हुई कि कहीं दूर भाग जाऊँ। तब मुझे ध्यान आया कि पिता को आलिंगन में लेते हुए वह वास्तव में हमसे ही विदाई ले रही थीं।

वोलोद्या के ऊपर सलीब का निशान बनाते हुए माँ बार-बार उसे चूमने लगीं। तब उस क्षण उनका ध्यान अपनी तरफ़ खींचने मैं भी आगे बढ़ा, लेकिन वह बार-बार वोलोद्या को ही आशीर्वाद देते हुए छाती से चिपकाए जा रही थीं। आख़िर मैंने भी उन्हें अपनी बाँहों में भर लिया और अपने दुःख को याद करता हुआ फफक-फफककर रोने लगा।

जब हम गाड़ी में बैठने जा रहे थे, हॉल में घर के नौकर-चाकर, जो हमारी प्रतीक्षा में खड़े थे, हमें देखते ही हम पर टूट पड़े। वे बार-बार हमारे हाथों को, हमारे कन्धों को चूमने लगे। उनके अंगों से मोम की चिकनाई की गन्ध आ रही थी—उनके स्पर्श से मैं चिड़चिड़े आदमियों की तरह झुँझला उठा। शायद यही कारण था कि नातालिया के हैट को चूमते समय भी मैं उदासीन रहा—हालाँकि वह आँसू बहाते हुए मुझसे विदा ले रही थी।

यह अजीब है कि मैं सब घरेलू नौकरों का चेहरा-मुहरा, हाव-भाव अच्छी तरह याद कर सकता हूँ, मानो यह आज की घटना हो, किन्तु माँ का चेहरा और भंगिमाएँ मेरी स्मृति से बिलकुल ओझल हो चुकी हैं।

यह शायद इसलिए कि विदाई के दौरान मैं इतना भी साहस नहीं बटोर सका था कि एक क्षण उनकी ओर देख सकूँ। मुझे लग रहा था कि उन्हें देखते ही मेरा और उनका कष्ट असह्य सीमाओं तक पहुँच जाएगा।

मैं सबसे पहले भागकर गाड़ी में बैठ गया। गाड़ी की उठी हुई छत के कारण मैं कुछ भी न देख सकता था, किन्तु मुझे बराबर महसूस हो रहा था कि माँ अब भी वहाँ खड़ी हैं। "क्या मुझे दुबारा उनकी ओर देखना चाहिए? हाँ, आख़िरी बार!" मैंने अपने से कहा और मैं गाड़ी से झुककर घर की दहलीज़ की तरफ़ देखने लगा। उसी क्षण शायद माँ के मन में भी यह ख़याल आया होगा—गाड़ी के पीछे की ओर से आकर उन्होंने मेरा नाम पुकारा। उनकी आवाज़ सुनकर मैं इतनी तेज़ी से पीछे मुड़ा कि हम दोनों के सिर टकरा गए। वह उदास-सी होकर मुस्कराईं और मुझे अपने से चिपटाकर आख़िरी बार चूमने लगीं।

जब हम कुछ गज़ आगे जा चुके थे, मैंने दुबारा उनकी ओर देखने का निर्णय किया। उनके सिर पर बँधा नीला रूमाल हवा में फड़फड़ा रहा था। वह अपना सिर झुकाए चेहरे को दोनों हाथों से ढाँपकर धीरे-धीरे सीढ़ियाँ चढ़ रही थीं। फोका ने उन्हें सहारा दे रखा था।

पिताजी चुपचाप मेरे पास बैठै थे। आँसुओं से मेरा गला रुँध रहा था, लग रहा था मानो मेरा दम घुटनेवाला हो...जब हम बड़ी सड़क पर आ गए, हमने देखा कि कोई बालकनी से सफ़ेद रूमाल हिला रहा है। मैं भी अपना रूमाल हिलाने लगा, जिससे मेरा दिल कुछ शान्त हुआ। मैं अब भी बराबर रोये जा रहा था—फिर यह सोचकर कि मेरे आँसू मेरी संवेदनशीलता के प्रमाण हैं, मुझे भीतर-ही-भीतर ख़ुशी होने लगी और मैं आश्वस्त-सा होने लगा।

दो-चार मील रास्ता तय हो जाने के बाद मैं आराम से अपनी सीट पर बैठ गया और ध्यान से घोड़े की पीठ को देखने लगा, जो बिलकुल मेरे सामने थी। फिर मैं चारों तरफ़ देखने लगा, खेतों में अनाज पक चुका था। कहीं-कहीं कोई किसान, घोड़ी या उसका बच्चा दिखाई दे जाते थे। कुछ देर बाद ही मेरे चेहरे पर आँसू सूखने लगे और मेरे ख़याल भी माँ से दूर उड़ने लगे,

जिनसे शायद मैंने हमेशा के लिए विदा ली थी। किन्तु हर स्मृति मेरे विचारों को उनके पास लौटा देती थी। मुझे याद आया किस तरह दो दिन पहले मुझे झाड़ियों में मशरूम (गुच्छी का फूल) मिला था, कैसे ल्यूबा और काट्या इस बात पर झगड़ने लगी थीं कि कौन उसे तोड़ेगा...मुझे यह भी याद आए बिना न रह सका कि हमसे विदा लेते हुए दोनों कितना रोई थीं।

'मुझे उन सबसे जुदा होने का अफ़सोस है...काट्या और ल्यूबा से, नातालिया से, पेड़ों के झुरमुट से, फोका से...और चिड़चिड़े स्वभाववाली मिमी से भी अलग होने का दुःख है। मुझे उनका...उन सबका अभाव अखरेगा... और बेचारी माँ का सबसे ज़्यादा...' मेरी आँखों में दुबारा आँसू छलक आए, लेकिन वे ज़्यादा देर नहीं टिक सके।

# बचपन

बचपन के सुखद दिन, जो कभी नहीं लौटेंगे! क्या कभी कोई उसकी स्मृतियाँ भुला सकता है? उसके बारे में सोचते ही मेरा मन आज भी उल्लसित हो उठता है, आत्मा में एक नूतन ऊँचाई का अनुभव होने लगता है।

याद आता है, किस तरह दिन भर की उछल-कूद के बाद हम चाय की मेज़ के इर्द-गिर्द बैठ जाते थे। काफ़ी देर हो चुकी होती थी, दूध और मिठाई के बाद आँखें नींद से मुँदने लगती थीं, किन्तु फिर भी हम अपनी कुर्सी पर बैठे बातें सुनते रहते। बातें सुनने का शौक़ दबाना असम्भव था। माँ किसी से बातें कर रही होतीं और हम उनका मधुर, प्यारा स्वर सुनते रहते। नींद में डूबी आँखों से मैं उनका चेहरा देखता रहता। धीरे-धीरे उनका चेहरा एक बटन की तरह हो जाता। मैं अपनी आँखों को दबाता और वह आँख की पुतली की छाया-सी जान पड़ती—फिर मैं ज़रा-सा हिलता और सारा जादू टूट जाता।

मैं अपनी आरामकुर्सी पर अंगों को समेटकर बैठ जाता।

"निकोल्या, तुम्हें नींद आ रही है...जाओ, ऊपर अपने कमरे में जाकर सो जाओ।" माँ कहतीं।

"नहीं, माँ—मैं अभी नहीं सोऊँगा।" मैं कहता, किन्तु धुँधली मोहक-सी तसवीरें मेरी कल्पना में तिरने लगतीं। नींद से मेरी पलकें भारी हो जातीं और दूसरे ही क्षण मैं सुध-बुध खोकर सोने लगता। आधी नींद में ही मुझे लगता कि कोई अपने कोमल हाथों से मुझे छू रहा है और मैं जान जाता कि यह माँ का स्पर्श है। मैं सोते हुए उनका हाथ पकड़ लेता और उसे अपने होंठों पर दबाने लगता।

सब लोग जा चुके थे। कमरे में सिर्फ़ एक मोमबत्ती जल रही है—माँ ने कहा है कि वह स्वयं मुझे जगाकर ऊपर ले जाएँगी। वह उसी कुर्सी पर बैठ गई हैं, जिस पर मैं सो रहा हूँ। वह धीरे-धीरे मेरे बालों को सहला रही हैं और अपने कानों में मुझे उनका प्रिय, परिचित स्वर सुनाई दे जाता है।

"अब उठो...अपने बिस्तर पर जाकर आराम से सो जाओ।" मैं हिलता-डुलता नहीं, लेकिन उनके हाथ को और भी अधिक मज़बूती से चूमने लगता हूँ।

"मेरे लाड़ले...अब उठो।"

वह अपना दूसरा हाथ मेरे गले के पास रख देती हैं और उनकी अँगुलियाँ तेज़ी से मुझे छूने और गुदगुदाने लगती हैं। कमरे में ख़ामोशी और अँधेरा है। मैं अचानक जाग जाता हूँ। माँ मेरे पास बैठी हैं और मुझे छू रही हैं। मैं उनकी गन्ध को पहचानता हूँ...उनके स्वर को भी। मैं उछलकर उठ बैठता हूँ, दोनों बाँहें उनके गले में डाल देता हूँ, अपना सिर उनकी छाती में छिपाकर हाँफता हुआ कहता हूँ—

"ओह, प्यारी माँ...मैं तुम्हें कितना ज़्यादा चाहता हूँ।"

एक उदास, मोहक-सी मुस्कान उनके होंठों पर सिमट आती है, वह दोनों हाथों से मेरा सिर पकड़ लेती हैं, मेरे माथे को चूमती हैं और मुझे अपनी गोद में खींच लेती हैं।

"अच्छा, तुम मुझे सचमुच बहुत चाहते हो?" वह एक क्षण चुप हो जाती हैं, फिर कहती हैं, "सच बताओ—मुझे हमेशा प्यार करोगे, कभी नहीं भूलोगे? जब मैं नहीं रहूँगी, तब भी नहीं भूलोगे? नहीं भूलोगे न?"

वह मुझे और भी अधिक स्नेह से चूमने लगती हैं।

"नहीं...नहीं...यह मत कहो..." मैं रोता हुआ उनके घुटने चूमने लगता हूँ, और मेरी आँखों से आँसू बहने लगते हैं—प्रेम और आह्लाद के आँसू।

उसके बाद ऊपर अपने कमरे में जाकर मैं सन्तों के चित्रों के आगे प्रार्थना करता हूँ, "हे प्रभु, माँ और पिताजी को हमेशा सुखी रखो!" और मेरा स्वर एकदम विह्वल-सा हो उठता है।

प्रार्थना के बाद मैं रज़ाई ओढ़कर अपने बिस्तर पर लेट जाता हूँ। मेरे भीतर एक हल्की, उल्लास-भरी भावना घिरने लगती है। एक के बाद एक सपने आते हैं—किसके बारे में? वे सब धुँधले और छुईमुई-से जान पड़ते हैं—लेकिन उन सबमें निर्मल प्रेम और असीम सुख की आशा भरी होती है। मुझे कार्ल इवानिच याद आते और उनके दुखी उदास जीवन के बारे में सोचते हुए मेरी आँखों से आँसू बहने लगते और मैं ईश्वर से मन-ही-मन प्रार्थना करने लगता कि वह उनकी मदद करे, उनके दुःखों को हल्का करे। फिर मैं तकिये के सिरहाने किसी चीनी के खिलौने—कुत्ते या ख़रगोश को दबाने लगता। वे खिलौने चुपचाप, आराम से लेटे हुए मेरी ओर देखने लगते। फिर मैं दुबारा ईश्वर से प्रार्थना करने लगता कि सब लोग सुखी हों और किसी को कोई कष्ट न हो और यह भी कि कल मौसम सुहावना हो ताकि हम पिकनिक पर जा सकें। फिर मैं करवट बदलता—मेरे स्वप्न और ख़याल आपस में गड्डमड्ड हो जाते और धीरे-धीरे नींद मुझे अपने में घेरने लगती। जब मैं सोता, मेरे गाल आँसुओं से भीगे होते।

क्या बचपन की वह ताज़गी, बेफ़िक्री, प्यार की भूख और आस्था दुबारा कभी लौट सकेगी? प्रेम में उफनती वे प्रार्थनाएँ कहाँ हैं? हमारी ज़िन्दगी के सबसे सुन्दर उपहार—भीगी, कोमल भावनाओं के उमड़ते आँसू क्या हमेशा के लिए खो गए?

क्या यह सम्भव है कि ज़िन्दगी ने मुझ पर अपने ऐसे बोझिल निशान छोड़ दिये हैं कि वे आँसू, वह अनिर्वचनीय उल्लास हमेशा के लिए मुझसे अलग हो गए हैं? क्या अब सिर्फ़ उनकी स्मृति ही बाक़ी रह गई है? क्या सचमुच यह सम्भव है?

# कविताएँ

मास्को आए हमें एक महीना गुज़र चुका था। दादी के घर में मैं एक बड़ी मेज़ पर कुछ लिख रहा था। मेरे सामने हमारे ड्राइंग-मास्टर बैठे थे। उनके सामने पगड़ी पहने एक तुर्क का रेखाचित्र था, जिसे वह काली खड़िया से ठीक कर रहे थे। वोलोद्या मास्टर साहब के पीछे खड़ा था और गर्दन टेढ़ी करके उनके कन्धों के पीछे से नीचे झाँक रहा था। यह वोलोद्या का पहला रेखाचित्र था जिसे वह उसी दिन अपनी दादी को उनके 'नाम-दिवस' पर भेंट करनेवाला था।

"बस, अब इसे मत छेड़ना।" मास्टर साहब ने कलम और खड़िया बॉक्स में रखते हुए कहा, "निकलस, तुम अपनी दादी को क्या भेंट दोगे? बेहतर होता, तुम भी कोई चित्र बना डालते। अच्छा, अब मैं चला।" उन्होंने अपना हैट उठाया और बाहर निकल गए।

जब हमें कुछ दिन पहले यह बताया गया कि दादी के 'नाम-दिवस' पर हमें अपनी ओर से उन्हें उपहार देना चाहिए, मैंने सोचा था कि मैं उस अवसर के लिए कोई कविता लिखूँगा। मैंने झटपट दो पद लिख भी डाले थे

और सोचा था कि अब गाड़ी चल निकलेगी। मैंने उसके बारे में किसी को कुछ नहीं बताया था।

किन्तु जल्दी ही मेरी आशा पर पानी फिर गया। बहुत हाथ-पैर मारने के बावजूद मैं दो पदों के आगे कुछ भी नहीं लिख पाया था। मैं अपनी किताबों में कविताएँ ढूँढ़ने लगा, किन्तु काम की कोई चीज़ हाथ न लगी। उन्हें पढ़कर मुझे अपनी असमर्थता का अहसास और भी गहरा हो गया। फिर मैंने कार्ल इवानिच के काग़ज़-पत्तर छानने शुरू किये—वह कविताओं की नक़ल रखा करते थे। आख़िर मेरी आँखें एक कविता पर ठिठक गईं, जो उन्होंने ख़ुद लिखी थी :

*मुझे याद करना*
*पास से,*
*दूर से*
*अब से हमेशा तक*
*मुझे याद करना*
*मेरी क़ब्र तक*
*कितनी निष्ठा से,*
*मैंने तुम्हें प्यार किया है।*

मुझे यह कविता बहुत मर्मस्पर्शी जान पड़ी और मैंने उसे तुरन्त कंठस्थ याद कर लिया। आगे काम आसान था। नाम-दिवस आने तक मैं अपना बधाई-सन्देश बारह पंक्तियों में लिख चुका था और अब एक सुन्दर काग़ज़ पर उनकी नक़ल उतार रहा था। अपनी कविता में अपनी दादी को बधाई देते हुए मैंने अन्तिम पंक्तियों में यह लिखा था कि हम तुम्हें भरसक सुखी और प्रसन्न रखने की कोशिश करेंगे और उतना ही प्यार करेंगे जितना प्यारी माँ को करते हैं।

फिर अकेले कमरे में मैं इशारों और मुद्राओं के साथ कविता पढ़ने लगा। अन्तिम पंक्ति पर आकर मैं अटक गया और सोचने लगा कि आख़िर

मैंने यह क्यों लिखा है कि 'हम तुम्हें माँ की तरह प्यार करेंगे?' माँ यहाँ नहीं हैं, इसलिए उन्हें बीच में घसीटने का तुक क्या है? यह सच है कि मैं दादी का आदर करता हूँ—इन्हें चाहता भी हूँ—लेकिन माँ की तरह नहीं। मैंने झूठ क्यों लिखा? यह ठीक है कि कविता में कुछ भी लिखा जा सकता है, लेकिन मुझे ऐसा नहीं करना चाहिए था।

उसी क्षण दरज़ी हमारे नये सूट लेकर आ गया। मैं शीशे के सामने खड़ा होकर नये कपड़े पहनने लगा। यह पहला मौक़ा था कि मैंने गेलिसवाली पतलून पहनी थी। मेरी ख़ुशी का पारावार न था और मैं घूम-घूमकर अपनी टाँगों को देख रहा था।

कार्ल इवानिच दूसरे कमरे में कपड़े बदल रहे थे। सीढ़ियों के नीचे दादी की नौकरानी की आवाज़ सुनाई दी। वह नई धुली करारी क़मीज़ कार्ल इवानिच को देने जा रही थी। उसने बताया कि उसे धोने-सुखाने में वह रात-भर नहीं सो पाई। मैंने उससे क़मीज़ ले ली और कहा कि मैं स्वयं उसे कार्ल इवानिच को दे आऊँगा। फिर मैंने उससे पूछा कि दादी अभी उठीं या अब तक सो रही हैं।

"हाँ...वह तो कॉफ़ी भी पी चुकीं। पादरी भी आ गए हैं...वाह, क्या ख़ूब नज़र आ रहे हो!" उसने मुस्कराकर मेरे नये कपड़ों को देखा।

मेरा मुँह गुलाबी हो आया।

जब मैं कार्ल इवानिच के पास उनकी क़मीज़ ले गया, मुझे उन्होंने बताया कि अब उन्हें उसकी ज़रूरत नहीं है। वह दूसरी क़मीज़ पहनकर शीशे में झाँकते हुए अपनी बो-टाई बाँध रहे थे। उन्होंने एक बार फिर मेरे और निकलस के कपड़ों को ठीक किया, और फिर हमें दादी के पास ले चले। मुझे आज भी यह याद करके हँसी आती है कि सीढ़ियाँ उतरते हुए हम तीनों से इत्र की गन्ध आ रही थी।

कार्ल इवानिच के पास उपहार देने के लिए एक बक्सा था, जो उन्होंने ख़ुद बनाया था। वोलोद्या के पास रेखाचित्र था और मेरे पास अपनी कविता। सबने वे शब्द कंठस्थ याद कर रखे थे, जो वे उपहार देते समय दादी से कहेंगे।

जब कार्ल इवानिच ने संगीत-कक्ष का दरवाज़ा खोला, पादरी महोदय अपना विशेष चोग़ा पहन रहे थे और प्रार्थना के स्वर सुनाई दे रहे थे।

दादी पहले से ही संगीत-कक्ष में बैठी थीं। वह कुर्सी का सहारा लिए झुकी थीं और बहुत आस्था-भाव से प्रार्थना करने में मग्न थीं। पिताजी उनके पीछे खड़े थे। जब उन्होंने हमारी ओर देखा, तो मुस्कराए बिना न रह सके। हमने भीतर आते ही झटपट अपने उपहार पीछे छिपा लिए थे और दरवाज़े पर इस तरह दुबककर खड़े थे जिससे किसी की निगाह हम पर न पड़े। हमने उन्हें आश्चर्य में डालने की जो कोशिश की थी, वह बिलकुल नाकाम रही थी।

जब सब क्रॉस का चुम्बन करने आगे बढ़े, मुझे लगा जैसे मैं अचानक शर्म की गहरी दलदल में फँस गया हूँ, और मुझमें कभी इतना साहस न होगा कि मैं दादी को अपना उपहार दे सकूँगा। मैं कार्ल इवानिच के पीछे छिप गया। कार्ल इवानिच ने चुने-सजे शब्दों में अपनी शुभाकांक्षाएँ प्रकट कीं और दादी को अपना बक्सा भेंट किया, फिर कुछ क़दम पीछे हटकर अलग खड़े हो गए ताकि वोलोद्या आगे आ सके। दादी सुनहरे बार्डरवाले बक्से को देखकर बहुत प्रसन्न हुईं और स्नेहभाव से मुस्कराकर धन्यवाद दिया। किन्तु उन्हें यह समझ में नहीं आ रहा था कि बक्से को कहाँ रखें। शायद इसी बहाने उन्होंने यह कहते हुए बक्सा पिताजी को दे दिया कि देखो, कितने सुन्दर ढंग से इसे बनाया गया है।

वालोद्या ने तुर्क का रेखाचित्र दिया और उसकी भी सब ओर से भूरि-भूरि प्रशंसा हुई। आख़िर मेरी बारी आई और दादी ने मुझे प्रोत्साहन-भरी आँखों से देखा।

जिन्हें शर्मीलेपन का अनुभव है, वे जानते हैं कि शर्म की भावना क्षण-प्रति-क्षण गहरी होती जाती है और उसी अनुपात में संकल्प-शक्ति क्षीण होती जाती है। मेरी शर्म भी अपनी अन्तिम पराकाष्ठा तक पहुँच चुकी थी। मेरा चेहरा बराबर सुर्ख़ होता जा रहा था, और देह पसीने में लथपथ होकर थरथरा रही थी। मेरे कान जल रहे थे और मैं सिटपिटाता हुआ अपनी जगह पर खड़ा था।

"निकलस, तुम क्या लाए हो...बक्सा या कोई रेखाचित्र?" पिताजी ने मुझसे कहा। अब कोई चारा न था। काँपते हाथों से मैंने मुड़ा-तुड़ा काग़ज़ दादी को दे दिया, लेकिन मेरी ज़ुबान तालू से चिपक गई थी और मैं चुपचाप उनके सामने खड़ा था।

जब दादी मेरी कविता को ऊँचे स्वर में पढ़ने लगीं, मेरी शर्म और पीड़ा का कोई अन्त न रहा। कभी-कभी वह किसी पंक्ति के बीच में रुक जातीं और मुस्कराते हुए पिताजी की ओर देखतीं। मुझे लगता जैसे उनकी मुस्कान में गहरा व्यंग्य छिपा है। अपनी कमज़ोर नज़र के कारण वह मेरी कविता अन्त तक न पढ़ सकीं और उन्होंने पिताजी से उसे दुबारा पढ़ने के लिए कहा। मैं यह सोचकर काँप उठा कि पिताजी उस पंक्ति को पढ़कर क्या सोचेंगे जिसमें मैंने लिखा था कि "हम तुम्हें माँ की तरह ही प्यार करते हैं।" सम्भव है, वह काग़ज़ को मेरे मुँह पर दे मारें और ग़ुस्से में कहें, "लड़के... अपनी माँ को भूलने की हिमाकत कभी मत करना।" किन्तु ऐसा कुछ नहीं हुआ। जब पिताजी पूरी कविता पढ़ चुके दादी ने कहा, "वाह, बहुत सुन्दर!" और आगे बढ़कर मेरे माथे को चूम लिया।

बक्से, रेखाचित्र और मेरी कविता को दादी की सुँघनी की डिबिया और दो रूमालों के साथ अलग रख दिया गया।

"राजकुमारी बारबारा इलीनित्शा आई हैं।" दादी के एक सेवक ने कमरे में आकर घोषणा की।

दादी सुँघनी की डिबिया पर माँ का चित्र देखने में इतना खोई थीं कि उन्होंने कोई उत्तर नहीं दिया।

"क्या मैं उन्हें भीतर आने के लिए कह दूँ?" नौकर ने पूछा।

# राजकुमारी कोर्नाकोवा

“हाँ, उन्हें भीतर बुला लो।” दादी ने कहा और वह अपनी कुर्सी में और भी धँसकर बैठ गईं।

राजकुमारी की उम्र पैंतालीस के आसपास रही होगी। वह छोटे कदवाली दुबली-पतली महिला थीं। उनकी हरी-भूरी आँखों का प्रभाव ज़्यादा अच्छा नहीं पड़ता था, कम-से-कम उनका सम्बन्ध उनके छोटे मुँह की अस्वाभाविक रूप से मधुर रेखाओं से कहीं न बैठता था। किन्तु उनके हाव-भाव में एक अजीब-सा हल्कापन था और उनके छोटे हाथों और पतले नाक-नक़्श के कारण उनका डील-डौल काफ़ी सुन्दर और स्फूर्तिपूर्ण जान पड़ता था।

राजकुमारी बहुत बातूनी थीं और कुछ इस तरह बोलती थीं, मानो कोई उनका विरोध कर रहा हो—हालाँकि दूसरे ने शायद एक भी शब्द मुँह से न निकाला हो। कभी-कभी उनका स्वर सहसा बहुत ऊँचा हो जाता और वे बारी-बारी से बातचीत में भाग लेनेवाले लोगों को इस तरह देखने लगतीं, मानो इससे उन्हें नई शक्ति प्राप्त हो रही हो।

यद्यपि राजकुमारी ने आते ही दादी का हाथ चूमा था और उन्हें बराबर फ्रेंच में 'मेरी प्यारी बुआ' के नाम से सम्बोधित कर रही थीं। मुझे लगा जैसे दादी उनसे अप्रसन्न हैं। जब राजकुमारी अपने पति के न आने का कारण बता रही थीं, दादी ने उन्हें बीच में टोककर कहा—"तुम आ गईं, मेरे लिए यही बहुत है। प्रिंस मिखेल की बात उठाने से क्या फ़ायदा? उन्हें और काम थोड़े हैं? और भला एक बुढ़िया के साथ बैठने में उन्हें क्या रस आएगा?"

राजकुमारी को बीच में बोलने का मौक़ा न देते हुए दादी ने पूछा, "अच्छा, बच्चे कैसे हैं?"

"धन्यवाद बुआ—सब आनन्द से हैं। ज्यों-ज्यों बड़े हो रहे हैं, शरारतें भी बढ़ती जा रही हैं—ख़ास कर सबसे बड़ा लड़का एतिएन। वह तो बिलकुल हाथ से निकल गया है, लेकिन होशियार बहुत है। अभी उस दिन की बात है..." राजकुमारी पिताजी की ओर उन्मुख होकर कहने लगीं। दादी को उनके बच्चों में कोई दिलचस्पी नहीं थी। उसके बजाय अपने पोतों-नातियों के गुणों का बखान करने की ख़ातिर वह काग़ज़ खोलने लगीं, जिसमें मेरी कविता लिखी थी।

राजकुमारी पिताजी की ओर झुककर हँसते हुए अपने बच्चों की ख़ूबियाँ खोल रही थीं।

"क्या तुम सचमुच अपने बच्चों को पीटती हो?" दादी ने अर्थपूर्ण ढंग से भौंहें उठाकर 'पीटने' शब्द पर ज़ोर डालते हुए पूछा।

"ओह, प्यारी बुआ!" राजकुमारी ने पिता पर निगाह डालते हुए कहा, "मैं इस विषय पर आपकी राय जानती हूँ, और दुर्भाग्यवश उससे सहमत नहीं हो सकती। हालाँकि इस बारे में मैंने बहुत कुछ पढ़ा-सुना है, अपने अनुभव के आधार पर मैं कह सकती हूँ कि बच्चे डराने-धमकाने से ही सीधे रह सकते हैं...मैं तुमसे पूछती हूँ।" पिताजी की ओर देखकर पूछा, "बच्चे जितना बेंत से डरते हैं, क्या किसी और चीज़ से डर सकते हैं?"

यह कहकर उन्होंने दु:ख-भरी दृष्टि से हम सबको देखा, उस क्षण एक अजीब-सी बेचैनी मेरे भीतर उमड़ने लगी। 'शुक्र भगवान का—मैं इनका पुत्र नहीं हूँ।' मैंने मन-ही-मन सोचा।

"हाँ, यह तो ठीक है," दादी ने मेरी कविता के काग़ज़ को दुबारा मोड़ते हुए कहा। मानो राजकुमारी ने जो कुछ अभी कहा था, उसके बाद उन्होंने उसे सुनने का अधिकार खो दिया था, "यह सब तो ठीक है, लेकिन उसके बाद तुम बच्चों से किसी कोमल भावना की आशा कैसे कर सकती हो?"

राजकुमारी ने कहा कुछ नहीं, किन्तु वह इस तरह उदार-भाव से मुस्करा दीं मानो वह बूढ़े लोगों के पूर्वग्रहों को अच्छी तरह समझ सकती हैं।

"ओह, इन बच्चों का परिचय तो मुझे मिला ही नहीं।" उन्होंने सहृदय-भाव से हमारी ओर देखा।

हम खड़े हो गए और अपनी आँखें राजकुमारी के चेहरे पर गड़ा दीं।

"राजकुमारी के हाथ चूमो!" पिताजी ने कहा।

"अरे, मैं रिश्तेदारी की परवाह नहीं करती..." राजकुमारी ने वोलोद्या के बालों को चूमते हुए कहा, "मैत्री-भावना से बड़ी कोई चीज़ नहीं।" उन्होंने दादी को सुनाते हुए कहा—लेकिन दादी अब भी नाराज़ बैठी थीं।

"यह सभा-सोसायटी वाला आदमी बनेगा," पिताजी ने वोलोद्या की ओर इशारा करते हुए कहा, "और यह कवि बनेगा।" मैं उस समय राजकुमारी का सूखा हाथ चूम रहा था और सोच रहा था कि कहीं उन्होंने पीछे की तरफ़ बेंत न छिपा रखा हो।

"कौन कवि बनेगा?" राजकुमारी ने मेरा हाथ पकड़े हुए पूछा।

"यह नन्हे महाशय, जिनके सिर के बाल खड़े हैं।" पिताजी ने मुस्कराते हुए कहा।

भला मेरे बालों की चर्चा क्यों? क्या बातचीत के लिए कुछ और नहीं? मैंने मन-ही-मन सोचा। आदमी की सुन्दरता के बारे में मेरी बहुत विचित्र धारणाएँ थीं। मैं कार्ल इवानिच तक को दुनिया का सबसे ख़ूबसूरत आदमी समझता था, किन्तु यह मुझे अच्छी तरह मालूम था कि मैं सुन्दर नहीं हूँ और इसलिए अपने रूप-रंग की हर चर्चा मुझे बहुत ठेस पहुँचाती थी।

मुझे अच्छी तरह याद है कि जब मैं छह वर्ष का था, खाने की मेज़ पर सब लोग मेरी शक्ल-सूरत पर टीका-टिप्पणी कर रहे थे। माँ मेरे चेहरे में किसी अच्छी चीज़ को खोजते हुए कहने लगीं कि मेरी आँखों में होशियारी चमकती है और मेरी मुस्कान काफ़ी अच्छी है, लेकिन जब पिताजी उनसे सहमत नहीं हुए तो उन्हें हारकर मानना पड़ा कि मेरा चेहरा-मुहरा काफ़ी साधारण है। बाद में मैं जब उठकर जाने लगा, उन्होंने मेरे गालों को सहलाते हुए कहा, "निकलस, यह मत भूलना कि कोई तुम्हें तुम्हारे चेहरे की ख़ातिर प्यार नहीं करेगा...इसलिए तुम्हें अच्छा और अक़्लमन्द लड़का बनने की कोशिश करनी चाहिए।"

उन शब्दों को सुनकर मेरे मन में यह विश्वास पक्का हो गया कि मैं बिलकुल सुन्दर नहीं हूँ और मुझे सचमुच अक़्लमन्द और अच्छा लड़का बनने की चेष्टा करनी चाहिए।

किन्तु कभी-कभी ऐसे क्षण भी आते कि मैं गहरी निराशा में डूब जाता। मैं सोचने लगता कि इस दुनिया में मेरे जैसा लड़का कभी सुखी नहीं हो सकता, जिसकी नाक इतनी चौड़ी हो, होंठ इतने मोटे हों और आँखें इतनी भूरी और छोटी हों, जितनी मेरी थीं। मैं ईश्वर से प्रार्थना करने लगता कि किसी जादुई चमत्कार से वह मुझे ख़ूबसूरत बना दे। मैं उस चमत्कार के लिए अपना सर्वस्व लुटा सकता था।

# प्रिंस इवान इवानोविच

उस दिन दादी को बधाई देने इतने लोग आए, कि घर के आगे दरवाज़े के सामने गाड़ियों का जमघट इकट्ठा हो गया।

"नमस्ते...प्यारी बहिन!" मेरी नज़र सहसा एक मेहमान पर जा पड़ी जो दरवाज़े पर दादी का हाथ चूम रहा था।

उनकी उम्र लगभग सत्तर वर्ष की रही होगी। फ़ौजी यूनिफ़ॉर्म में उनका चेहरा बहुत मुक्त और शान्त दिखाई दे रहा था। उनकी सहज और खुली भाव-भंगिमाओं को देखकर मैं बहुत प्रभावित हुआ। यद्यपि उनके बाल उड़ चले थे और ऊपर का होंठ खुलने पर दाँत भी कम दिखाई देते थे, उनका व्यक्तित्व अनायास अपनी ओर आकर्षित कर लेता था।

पिछली शताब्दी के अन्त में अपने बल-बुद्धि, सच्चरित्र और प्रभावशाली सम्बन्धियों के कारण प्रिंस इवानोविच अपनी नौकरी में बराबर उन्नति करते रहे थे। अपने महत्त्वाकांक्षी जीवन में यद्यपि उन्हें अनेक निराशाओं और दुर्घटनाओं का सामना करना पड़ता था, वह बराबर अपने उच्च विचारों और धर्म और नैतिक सिद्धान्तों पर अडिग रहे थे। इसका श्रेय उतना उनकी

प्रभावशाली पोज़ीशन को नहीं, जितना उनके साहस और संकल्प-शक्ति को दिया जा सकता है। वह काफ़ी सहृदय और संवेदनशील व्यक्ति थे, किन्तु दूसरों के साथ काफ़ी रुखाई और घमंड से पेश आते थे। यह शायद इसलिए ज़रूरी था कि दूसरे लोग उनसे अपना फ़ायदा निकालने के लिए उन्हें परेशान न कर सकें। वह सुशिक्षित, पढ़े-लिखे आदमी थे—किन्तु शिक्षा के नाम पर उनकी पूँजी वही थी, जो उन्होंने जवानी में जमा की थी। अपनी क्लासिकल फ्रेंच शिक्षा के बावजूद वह बातचीत में हमेशा सीधी-सादी बातें करते थे, इस सादगी में यदि कुछ चीज़ों का अज्ञान था तो शिष्टाचार और सहिष्णुता भी थी। मास्को की सभा-सोसायटी में उनका बड़ा मान था। शायद ही कोई ऐसा व्यक्ति था जो उनका निमंत्रण पाकर अपना सौभाग्य न सराहता हो।

इस उम्र में अब कुछ इने-गिने मित्र ही बचे थे, जिनकी शिक्षा-दीक्षा, मत-मान्यताएँ और जीवन के प्रति दृष्टिकोण प्रिंस इवानोविच से मेल खाते हों। दादी उनमें से एक थीं। यही कारण था कि वह दादी को बहुत आदर की दृष्टि से देखते थे और उनके साथ अपनी पुरानी मित्रता की क़द्र करते थे।

मेरी आँखें प्रिंस के चेहरे से हटती ही न थीं। सब लोग उनके आगे पीछे-मँडरा रहे थे। दादी उन्हें देखकर फूली नहीं समा रही थीं। प्रिंस के प्रति मेरा आदर-भाव और भी अधिक बढ़ गया जब मैंने देखा कि सारी मंडली में वह अकेले आदमी थे, जो दादी से भयाक्रान्त नहीं थे, काफ़ी आराम से उनसे बातें कर रहे थे। उनमें इतना साहस था कि बीच-बीच में उन्हें 'मेरी बहिन' कहकर सम्बोधित कर सकें। जब मेरी कविता उन्हें दिखाई गई, उन्होंने मुझे अपने पास बुलाकर कहा :

"क्या पता बहिन, यह बड़ा होकर दूसरा दर्जाइविन (एक महान् रूसी कवि) बन जाए।"

यह कहकर उन्होंने इतनी ज़ोर से मेरे गाल पर चिकोटी काटी, कि मैं दर्द से चीख़ उठता यदि मुझे यह पता न होता कि उन्होंने अपनी तरफ़ से प्यार से मुझे सहलाया है।

मेहमान जा चुके थे। पिताजी और वोलोद्या भी कमरे से बाहर चले गए थे। कमरे में प्रिंस, दादी और मेरे अलावा कोई न था।

"लेकिन हमारी प्यारी नातालिया निकोलावना यहाँ क्यों नहीं आईं?" प्रिंस ने एक क्षण चुप रहकर पूछा।

अपनी माँ का नाम सुनते ही मेरे कान खड़े हो गए।

"ओह..." दादी ने अपना स्वर धीमा करते हुए कहा, "वह ज़रूर आतीं अगर उन्हें कोई रोक-टोक न होती। उसने लिखा तो यह था कि पियेर (मेरे पिता) ने तो उन्हें आने के लिए कहा था, वह ख़ुद ही नहीं आना चाहती थीं। इस बार आमदनी ज़्यादा नहीं हुई...और ल्यूबा अभी छोटी है। लिखा था कि बच्चे मेरे साथ रहेंगे, तो वह निश्चिन्त हो जाएँगी। यह सब तो ठीक है..." दादी के स्वर से पता चलता था कि ठीक कुछ भी नहीं है। "यह तो ठीक है कि बच्चों की शिक्षा जितनी अच्छी तरह यहाँ होगी, वह गाँव में नहीं...बड़ा लड़का तेरह का है, छोटा ग्यारह का, लेकिन दोनों जंगलियों की तरह दिखाई देते हैं, कमरे में किस तरह दाख़िल हुआ जाता है, इतना शऊर भी नहीं।"

"लेकिन आमदनी में क्यों गड़बड़ है, यह बात मुझे समझ में नहीं आती। इतनी बढ़िया जायदाद है और फिर पैसे का रोना?" प्रिंस ने कहा।

"तुम सच्चे मित्र हो, इसलिए मैं तुम्हें बताती हूँ..." दादी का चेहरा बहुत उदास हो आया था, "यह सब बहाने हैं...असल में वह यहाँ अकेला रहना चाहता है ताकि बेरोक-टोक कभी किसी क्लब, कभी किसी भोज, जहाँ मरज़ी वहाँ जा सके...और वह बेचारी कुछ भी शक-शुबहा नहीं करती। तुम जानते हो, वह बिलकुल गऊ है, हर चीज़ में उसका विश्वास करती है। बस उसने उसे कह दिया कि बच्चों को पढ़ने मास्को आना चाहिए और उसे अकेला उस बेवक़ूफ़ नौकरानी के साथ गाँव में रहना चाहिए, और उसने मान लिया। अगर वह उससे कहे कि बच्चों को कोड़े से पीटना चाहिए जैसे राजकुमारी कोर्नाकोवा पीटती है, तो वह यह करने को भी तैयार हो जाए।" दादी ने गहरी हिकारत के स्वर में कहा, "हाँ, मेरे मित्र..." उन्होंने रूमाल उठाकर अपने आँसू पोंछे और एक क्षण चुप रहने के बाद कहा,

"मैं अक्सर सोचती हूँ कि वह न उसे समझ सकता है न ही उसका मूल्य पहचान सकता है। अपनी सारी अच्छाई और प्रेम के बावजूद वह उसके साथ सुखी नहीं रह सकती...मेरी यह बात तुम गाँठ बाँधकर रख लो कि कहीं वह..."

दादी ने अपना मुँह रूमाल से ढक लिया।

"अरे...अरे क्या कहती हो..." प्रिंस ने उलाहना-भरे स्वर में कहा, "मुझे लगता है, तुम्हारी वही आदतें हैं जो पहले थीं। तुममें कोई फ़र्क़ नहीं आया। तुम हमेशा मनगढ़न्त दुःखों पर अपने को नाहक परेशान करती हो... तुम्हें शर्म नहीं आती? मैं तुम्हें लम्बे अर्से से जानता हूँ...वह बहुत ही स्नेही, समझदार और अच्छा पति है...और सबसे बड़ी बात आदमी इज़्ज़तदार है, पूरी तरह से साफ़।"

मुझे यह सब बातें नहीं सुननी चाहिए थीं। मैं चुपचाप दबे क़दमों से बाहर चला आया। मेरा मन सहसा उद्भ्रान्त हो उठा था।

# ईविन परिवार

"वोलोद्या, वोलोद्या...देखो, ईविन लड़के आ रहे हैं।" मैं ख़ुशी से चिल्लाया। खिड़की के बाहर नीले ओवरकोट पहने तीन लड़के अपने युवा अध्यापक के साथ सड़क पार करते हुए हमारे घर की तरफ़ आ रहे थे।

ईविन-परिवार के लड़के हमारे हमउम्र रिश्तेदार थे। मास्को आने के तुरन्त बाद हमारा उनसे परिचय हुआ था और हम बहुत जल्दी उनके दोस्त बन गए थे।

ईविन-परिवार के दूसरे लड़के सेरेज़ा के स्याह घुँघराले बाल थे, ज़रा ऊपर उठी हुई छोटी-सी नाक और ताज़े गुलाबी होंठ थे जो बड़े ऊपरी दाँतों के कारण हमेशा थोड़े-से खुले रहा करते थे। उसकी सुन्दर गहरी नीली आँखें थीं जिससे उसका चेहरा बहुत जीवन्त दिखाई देता था। वह कभी मुस्कराता नहीं था—या तो एकदम गम्भीर हो जाता था या फिर खिलखिलाकर हँसने लगता था। उसके अनोखे सौन्दर्य ने मेरा ध्यान सबसे पहले अपनी ओर आकर्षित किया था। उसे देखते ही अजीब सुख की भावना मुझे घेरने लगती। अगर उसे देखे बिना तीन-चार दिन गुज़र जाते, मैं इतना उदास हो जाता कि बरबस

आँसू उमड़ने लगते। मैं सोते-जागते उसके सपनों में डूबा रहता। उसके प्रति अपनी भावना को मैं इतना मूल्यवान समझता था कि उसके बारे में किसी से कुछ कहना मुझे असम्भव जान पड़ता था। शायद मेरी नज़रों से घबराकर वह मेरी अपेक्षा वोलोद्या के साथ हँसना-खेलना ज़्यादा पसन्द करता था...किन्तु यह चीज़ मुझे ज़रा न अखरती थी। मैं उसके लिए सब कुछ त्याग सकता था। मुझे हमेशा यह डर लगा रहता कि कहीं कोई ऐसा काम न करूँ जिससे वह नाराज़ या रुष्ट हो जाए। यह डर शायद उसके गर्वीलेपन के कारण था या शायद मुझे अपने चेहरे-मुहरे से इतनी घृणा थी कि जहाँ कहीं मैं ज़रा-सी भी सुन्दरता देखता उसे ज़रूरत से ज़्यादा महत्त्व देने लगता—या शायद प्रेम का यह ज़रूरी लक्षण है कि हम जितना दूसरों को चाहते हैं, उतना ही उनसे डरते हैं। पहली बार जब सेरेज़ा ने मुझसे बात की थी मैं इस अप्रत्याशित ख़ुशी से इतना घबरा गया था कि मेरा चेहरा पीला पड़ गया और मैं एक शब्द भी मुँह से न निकाल सका। उसे शायद मालूम था कि मैं किस बुरी तरह उसके असर में हूँ और वह बचकाने ढंग से इसका लाभ उठाकर मुझ पर अपनी हेकड़ी जमाना न भूलता था। मैं कभी-कभी उसे अपने दिल की सब बातें उगलना चाहता था—लेकिन भय के कारण कुछ भी न कह पाता था, उसके प्रति उदासीन होने का बहाना करता था—लेकिन बराबर बिना किसी शिकवा-शिकायत के उसके इशारों पर नाचता था। कभी-कभी मुझे अपने ऊपर उसका प्रभाव बहुत ही सख़्त और असहनीय जान पड़ता, लेकिन उसके शिकंजे से बाहर निकलना मेरे बूते के बाहर था।

आज जब मैं अपने नि:स्वार्थ और असीम स्नेह के बारे में सोचता हूँ, एक गहरी उदासी मुझे घेर लेती है। उस स्नेह के बदले में मुझे कुछ न मिला था और वह बिना अभिव्यक्ति पाए अपने-आप मर गया था।

यह अजीब है कि जब मैं बच्चा था, बड़ा होने की कोशिश किया करता था और जब मेरा बचपन हमेशा के लिए पीछे छूट गया, मैं दुबारा बच्चा होने का स्वप्न देखता हूँ। इन दिनों मेरी भरसक यह कोशिश रहती थी कि सेरेज़ा के साथ अपने व्यवहार में ज़रा-सा भी बचकानापन न दिखाऊँ,

मैं जानबूझकर अपने उफनते उद्गारों को रोके रहता था, बाहर कुछ और भीतर कुछ और। मुझमें इतना साहस भी न था कि उसे चूम सकूँ या उसका हाथ पकड़कर कह सकूँ कि उसे देखकर मुझे कितनी ख़ुशी हुई है—यहाँ तक कि उसका घरेलू नाम सेरेज़ा न लेकर मैं उसे औपचारिक ढंग से सर्गे के नाम से बुलाता था। सच्ची भावना की हर अभिव्यक्ति हमें 'बचकानापन' जान पड़ती थी और हम इस बात से बेहद कतराते थे कि कोई हमें 'छोटा बच्चा' न समझ ले। यद्यपि हम उन कटु अनुभवों से शून्य थे, जिनके कारण वयस्क लोग आपसी रिश्तों में इतने रूखे और सतर्क हो जाते हैं, फिर भी वयस्क दीखने की विचित्र लालसा में हमने अपने को बचपन के स्निग्ध और कोमल सम्बन्धों के पुनीत आनन्द से वंचित कर दिया था।

मैं तीनों लड़कों से हॉल में मिला और फिर भागता हुआ दादी को उनके आगमन की ख़ुशख़बरी सुनाने गया। उसके बाद मैं सेरेज़ा के पीछे-पीछे ड्राइंग-रूम में आया—मेरी आँखें उस पर चिपकी थीं। जब दादी ने उसे देखकर कहा कि वह काफ़ी बड़ा हो गया है, मुझे कुछ वैसी ही आशा और डर का अनुभव हुआ जो एक कलाकार को अपनी कलाकृति के बारे में निर्णय की प्रतीक्षा करते समय होता है।

इस बीच लड़कों के युवा ट्यूटर श्री फ्रॉस्ट बाग़ में आकर बेंच पर बैठ गए और बहुत ही आत्म-तुष्ट भाव से सिगार पीने लगे। श्री फ्रॉस्ट जर्मन थे—लेकिन कार्ल इवानिच से बिलकुल भिन्न। वह रूसी काफ़ी अच्छी बोल लेते थे और लोगों में—ख़ास कर महिलाओं में उन्हें शिक्षा सम्पन्न व्यक्ति होने की ख्याति प्राप्त थी। दूसरे, वह न केवल जवान थे बल्कि उनका बहुत आत्मतुष्ट सुन्दर चेहरा और लम्बी मांसल टाँगें थीं। वह इसका फ़ायदा उठाना न भूलते थे। वह जानते थे कि उनके चेहरे-मुहरे का असर औरतों पर गहरा होता है और इसीलिए बैठते समय वह अपनी टाँगों को इस तरह मोड़कर रखते थे ताकि सब उन्हें अच्छी तरह देख सकें।

हम सब बाग़ में 'चोर-चोर' खेल रहे थे, बीच में एक ऐसी घटना हुई कि खेल लगभग रुक गया। सेरेज़ा चोर बना था। यात्रियों के पीछे भागते हुए

अचानक उसका घुटना एक पेड़ से जा टकराया और वह गिर पड़ा। मैं सिपाही बना था किन्तु उसे पकड़ने के बजाय मैंने पास आकर पूछा कि कहीं उसे कोई चोट तो नहीं लगी। सेरेज़ा का चेहरा ग़ुस्से से लाल हो गया और मुट्ठी भींचकर मुझ पर चीख़ने लगा, "तुम्हें मेरी चोट से क्या? तुम मुझे पकड़ते क्यों नहीं? इस तरह कहीं खेला जाता है?" फिर हँसता हुआ वह वोलोद्या और अपने सबसे बड़े भाई के साथ भागने लगा।

मैं बता नहीं सकता कि उसके इस साहसपूर्ण व्यवहार से मैं कितना प्रभावित हुआ। भयानक दर्द के बावजूद वह न रोया न चिल्लाया, और क्षण-भर के लिए भी खेल को नहीं भूला।

उसके कुछ देर बाद इलिन्का ग्रैप भी हमारे गिरोह में शामिल हो गया और हम ऊपरवाले कमरे में चले गए। वहाँ भी एक ऐसा मौक़ा आ पड़ा जब मुझे सेरेज़ा के असाधारण साहस और दृढ़ता को दुबारा देखने का अवसर मिला।

इलिन्का ग्रैप एक ग़रीब विदेशी का पुत्र था। उसके पिता किसी कारण मेरे दादा के अहसान से दबे थे और अपने पुत्र को हमारे घर भेजना अपना फ़र्ज़ समझते थे। हमारी इलिन्का से कोई ख़ास दोस्ती न थी और हम अक्सर उसकी टाँग खींचते रहते थे। वह तेरह वर्ष का रहा होगा, लम्बा क़द, पीला चिड़ियों जैसा चेहरा, जिस पर हमेशा विनम्रता का भाव खिंचा रहता। उसकी वेश-भूषा काफ़ी फटी-पुरानी होती, लेकिन बाल तेल में चुपड़े रहते। आज जब मैं उसे याद करता हूँ तो एक नेक, सहृदय और ख़ामोश लड़के का चेहरा मेरे सामने घूम जाता है, किन्तु उन दिनों मैं उससे इस क़दर नफ़रत करता था कि उस पर दया करने या उसके बारे में सोचने का प्रश्न ही नहीं उठता।

ऊपर के कमरे में हम सब कसरत के करतब एक-दूसरे को दिखा रहे थे। इलिन्का तनिक संकोच और विस्मय से मुस्कराता हुआ हमें देख रहा था। जब हमने उसे भी भाग लेने के लिए बुलाया तो वह यह कहकर टाल गया कि उसमें इतनी ताक़त नहीं है कि वह यह सब कर सके।

सेरेज़ा के करतब देखते ही बनते थे, वह बराबर हँसता हुआ नये-नये चमत्कार दिखा रहा था। वह एक साथ सटी तीन कुर्सियों को फाँद जाता था, सारे कमरे में कलाबाज़ियाँ लगाता था और कमरे के बीचोबीच मोटे-मोटे शब्दकोशों का मंच तैयार कर उस पर सिर के बल खड़ा हो जाता था। अन्तिम करतब के बाद वह रुक गया और बहुत ही गम्भीर मुद्रा में इलिन्का की ओर देखकर कहा, "अच्छा, अब तुम सिर के बल खड़े हो जाओ, इसमें मुश्किल कुछ नहीं है।" सबकी आँखें इलिन्का पर जमी थीं। उसने सकुचाते हुए बहुत धीमे स्वर में कहा कि वह ऐसा नहीं कर सकेगा।

"अरे...तुम कोई लड़की नहीं हो...तुम्हें ज़रूर सिर पर खड़ा होना पड़ेगा।" सेरेज़ा ने उसका हाथ पकड़ लिया। "हाँ, सिर पर। सिर पर..." हम सब ज़ोर-ज़ोर से चिल्लाने लगे और इलिन्का को ज़बर्दस्ती शब्दकोशों के मंच के पास घसीटने लगे। उसका चेहरा सहसा भय से पीला पड़ गया था।

"अच्छा-अच्छा...मुझे छोड़ो...मैं ख़ुद करूँगा। तुम तो मेरा कोट फाड़ डालोगे।" वह असहाय स्वर में चीख़ने लगा। उसकी चीख़ों ने हमारा हौसला दुगुना कर दिया...हम हँसते-हँसते पागल हुए जा रहे थे, हमारे हाथों उसका हरा कोट चिथड़े-चिथड़े हुआ जा रहा था।

वोलोद्या और बड़े ईविन ने इलिन्का का सिर शब्दकोशों पर टिका दिया, दूसरी तरफ़ मैंने और सेरेज़ा ने उसकी छटपटाती टाँगों को ऊपर खींचकर खड़ा कर दिया। और छोटा ईविन उसकी देह में सन्तुलन बिठाने में जुटा था।

कुछ ऐसा हुआ कि हँसी के ठहाकों के बाद हम सहसा ख़ामोश पड़ गए। कमरे में सन्नाटा छा गया जिसमें सिर्फ़ बेचारे इलिन्का की बोझिल साँसें सुनाई दे रही थीं। उस क्षण पहली बार मुझे आभास हुआ कि हम जो कुछ कर रहे थे उसमें मज़ाक़ या मनोरंजन की कोई ख़ास बात न थी।

इलिन्का कुछ देर चुप रहा, फिर अपने को मुक्त करने के लिए चारों तरफ़ लातें मारने लगा। इसी आपाधापी में उसका एक पैर सेरेज़ा की आँख में जा लगा। उसने झट उसकी टाँगें छोड़ दीं। और अपनी आँख पोंछने लगा,

जिसमें से अनायास आँसू बहने लगे थे। फिर उसने ज़ोर से इलिन्का को धक्का दिया, वह बेचारा निर्जीव लोंदे-सा फ़र्श पर गिर पड़ा और रुँधे कंठ से चीख़ने लगा, "आख़िर मुझे तंग करने में तुम्हें क्या मज़ा आता है?"

उसकी बुरी हालत थी, आँसुओं से भरा चेहरा, बिखरे बाल और टखनों से ऊपर उठी हुई पतलून। हम सब चुप खड़े थे और ज़बर्दस्ती मुस्कराने की चेष्टा कर रहे थे।

आख़िर सेरेज़ा ने मौन तोड़ा।

"क्या बुढ़िया की तरह रोता है...रोन्दू कहीं का!" उसने हल्के-से इलिन्का का पैर छुआ, "ज़रा-सा मज़ाक़ भी नहीं सह सकता। चल अब उठ खड़ा हो।"

"चुप रहो...तुम्हारे जैसा गया-बीता कोई नहीं।" इलिन्का ने ग़ुस्से में कहा और सिसकियाँ भरने लगा।

"अच्छा...यह बात! पहले लात मारता है, फिर गालियाँ निकालता है।" सेरेज़ा ने एक मोटा-सा शब्दकोश उसके सिर पर हिलाते हुए कहा। "चलो, इसे छोड़ो...यह हँसी-मज़ाक़ के क़ाबिल नहीं।" सेरेज़ा ने अस्वाभाविक रूप से हँसते हुए कहा।

मैं सहानुभूति से बेचारे इलिन्का को देख रहा था, जो फ़र्श पर लेटा हुआ शब्दकोशों में अपना मुँह छिपाकर फफक-फफककर रो रहा था।

"आह सर्गे...तुम्हें ऐसा नहीं करना चाहिए था," मैंने कहा।

"हाँ...लेकिन मुझे देखो। आज जब पेड़ से मेरा घुटना टकराया, तो कहीं मैं रोया था?"

"हाँ, यह सच है," मैंने सोचा, यह इलिन्का सचमुच रोन्दू है, और सेरेज़ा चट्टान की तरह है—बिलकुल चट्टान।

मुझे तब यह ख़याल नहीं आया कि वह बेचारा शारीरिक पीड़ा से शायद उतना नहीं, जितना इस कारण से रो रहा है कि उसके पाँच दोस्त उसे इतनी निर्ममता से सता रहे हैं।

मैं आज भी अपने क्रूर व्यवहार का कारण नहीं समझा सकता। मैंने उसे बचाया क्यों नहीं...क्यों नहीं उसके पास जाकर सहानुभूति के दो शब्द कह सका। मेरे भीतर दया-ममता कहाँ उड़ गई थी?

क्या यह सम्भव है कि सेरेज़ा के प्रति मेरे प्रेम ने मेरे अन्दर की सद्भावना को दबा दिया था? क्या मेरी यह इच्छा नहीं थी कि मैं उसकी आँखों में अपने को उतना ही कठोर और बहादुर प्रमाणित कर सकूँ जितना वह स्वयं था? वह प्रेम, हीरो बनने की वह आकांक्षा कुछ ऐसी चीज़ें हैं जो आज भी मेरे बचपन की स्मृतियों पर काले धब्बे छोड़ जाती हैं।

# मेहमानों का आगमन

उस शाम रसोईघर में असाधारण हलचल थी। ड्राइंग-रूम और नाचने के कमरे में चारों तरफ़ रोशनियाँ जगमगा रही थीं। प्रिंस इवान इवानोविच ने अपने ख़ास बैंड ऑर्केस्ट्रा का आयोजन किया था। हमें समझते देर न लगी कि आज हमारे घर बहुत-से मेहमान आनेवाले हैं।

जब कभी किसी घोड़ागाड़ी की आवाज़ सुनाई देती, मैं दौड़कर खिड़की के पास जाता और असीम उत्सुकता से बाहर देखने लगता। आख़िर लम्बी प्रतीक्षा के बाद एक गाड़ी हमारे घर के सामने रुकी। यह सोचकर कि ज़रूर ईविन-परिवार के लड़के आए हैं, मैं भागता हुआ दरवाज़े पर चला आया। किन्तु उनके बजाय एक सजे-सधे नौकर ने दरवाज़ा खोला और दो महिलाएँ भीतर चली आईं। उनमें से एक ज़रा लम्बे क़द की थी, जिसने नीला कोट पहन रखा था। छोटी लड़की ने हरी शॉल ओढ़ रखी थी जो पैरों तक आती थी और जिसके पीछे उसके फर के जूते दिखाई दे रहे थे। उन्होंने मुझे देखा नहीं। हॉल में घुसते ही छोटी लड़की लम्बे क़दवाली लड़की के सामने खड़ी हो गई। बड़ी लड़की ने उसकी शॉल उतारी और अपना कोट—दोनों चीज़ें नौकर को पकड़ा दीं।

शॉल के बंडल से निकलकर अब छोटी लड़की अपनी रेशमी फ्राक में बहुत सुन्दर दिखाई दे रही थी, उसके बहुत ही घने भूरे घुँघराले बाल थे जो नंगे कन्धों पर बिखरे थे। किन्तु उसके चेहरे में उसकी बड़ी-बड़ी अधमुँदी आँखें सबसे अधिक आकर्षक थीं जो उसके नन्हे मुँह के ऊपर कुछ-कुछ विचित्र-सी मालूम देती थीं। उसके होंठ बन्द थे और आँखों का भाव कुछ इतना संजीदा था कि कोई आशा भी न कर सकता था कि वह कभी मुस्करा भी सकती है और इसलिए जब वह सचमुच मुस्कराती थी तो उसकी मुस्कान बिलकुल जादुई-सम्मोहन से भरी जान पड़ती थी।

मैंने नीचे झुककर उन्हें प्रणाम किया और फिर उन्हें बताया कि दादी ड्राइंग-रूम में बैठी हैं। श्रीमती वालाखीना की शक्ल-सूरत मुझे बहुत अच्छी लगी, शायद इसलिए कि वह उनकी लड़की सोन्या से मिलती-जुलती थी। मेरी बात सुनकर उन्होंने स्नेह-भाव से सिर हिलाया और ड्राइंग-रूम की ओर चल पड़ीं।

दादी सोन्या को देखकर बहुत प्रसन्न हुईं और उसके चेहरे को ध्यान से देखती हुई बोलीं, "कितनी ख़ूबसूरत बच्ची है!" सोन्या मुस्कराई, लज्जा से चेहरा आरक्त हो गया जिससे वह और भी अधिक सुन्दर दिखाई देने लगी। उसे देखकर मेरा चेहरा भी सुर्ख़ हो आया।

"मुझे उम्मीद है, यहाँ तुम ऊबोगी नहीं।" दादी ने सोन्या की ठुड्डी उठाकर कहा, "जितना मन चाहे, नाचो-गाओ...तुम्हारे कुछ दोस्त यहाँ पहले से ही मौजूद हैं।"

मेरी तरफ़ यह संकेत था...मेरा मुँह शर्म से लाल हो गया।

एक दूसरी गाड़ी दरवाज़े पर आ रुकी। हॉल में जाकर देखा तो राजकुमारी कोर्नाकोवा अपने लड़के और असंख्य लड़कियों के साथ पधारी थीं। सब एक स्वर में चहक रही थीं। उनके पुत्र एतिएन की उम्र लगभग पन्द्रह वर्ष रही होगी, लम्बा इकहरा बदन, पीला बीमार-सा चेहरा, अन्दर की तरफ़ धँसी आँखें और उनके नीचे स्याह घेरे। उसका हाव-भाव मुझे काफ़ी बेढब-सा जान पड़ा, आवाज़ अप्रीतिकर और टूटती हुई-सी। वह हू-ब-हू वैसा ही लड़का दिखाई पड़ता था, जिसे बेंत से पीटा जाता है।

हम दोनों कुछ देर तक एक-दूसरे को जाँचते रहे। आख़िर बातचीत शुरू करने के लिए मैंने कहा कि यहाँ आते हुए उनकी घोड़ागाड़ी तो खचाखच भर गई होगी।

"पता नहीं," उसने लापरवाही से कहा, "मैं तो भीतर बैठ नहीं सकता। जब कभी हम शाम को सैर के लिए जाते हैं, मैं बाहर उधर वाली सीट पर ही बैठ जाता

हूँ...वहाँ काफ़ी मज़ा आता है। कोचवान फिलिप मुझे चाबुक दे देता है और मैं ख़ुद गाड़ी चलाता हूँ...दूसरे गाड़ीवानों को भी कभी-कभी मेरी चाबुक का मज़ा मिल जाता है।

"जनाब..." कोचवान ने आकर कहा, "फिलिप पूछ रहा है कि आपने चाबुक कहाँ रख दिया?"

"चाबुक? मैंने उसे वापस तो दे दिया था।"

"वह कहता है, आपने नहीं दिया।"

"अच्छा...तब शायद मैंने उसे गाड़ी की लालटेन पर लटका दिया होगा।"

"फिलिप कहता है कि वह लालटेन पर भी नहीं है...आपने उसे क़हीं खो डाला है और अब बेचारे फिलिप को उसका हरजाना भरना पड़ेगा।" कोचवान ने आगबबूला होकर कहा। वह बहुत नेक और स्वाभिमानी आदमी दिखाई देता था और बहुत तत्परता से फिलिप का पक्ष ले रहा था। मैं एक तरफ़ हट गया ताकि अपनी उपस्थिति से उन्हें किसी दुविधा में न डालूँ।

"अगर खो गया है, तो खो गया है।" एतिएन ने बात टालने की कोशिश की, "चाबुक के जितने पैसे होंगे, मैं दे दूँगा। क्या मज़ाक़ बना रखा है!" वह मेरे पास आया और मेरे साथ-साथ ड्राइंग-रूम की तरफ़ बढ़ने लगा।

"ज़रा ठहरिए जनाब...आप पैसे अदा करेंगे? मुझे मालूम है आप कैसे पैसे देंगे...पिछले सात महीनों से आपने बेचारी मारिया के बीस कोपेक मार रखे हैं और एक साल से..."

"अच्छा-अच्छा, ज़्यादा बको मत!" एतिएन ने ग़ुस्से में चीख़ते हुए कहा, "तुम्हारी शिकायत करूँगा, तब पता चलेगा।"

"शिकायत...शिकायत!" कोचवान ने बुड़बुड़ाते हुए कहा, "यह बात ठीक नहीं है, जनाब!" उसने अर्थपूर्ण स्वर में कहा। हम उस समय बॉल-रूम में आ चुके थे।

दादी किस तरह दूसरों को सम्बोधित करती हैं, उसी से मुझे उनकी भावनाओं का पता चल जाता था। जब एतिएन उनका अभिवादन करने आगे बढ़ा, उन्होंने इने-गिने शब्द उससे कहे और एक ऐसी नज़र से उसे देखा, जिसमें गहरी हिकारत भरी थी। अगर एतिएन की जगह मैं होता, तो सहसा गड़बड़ा जाता। लेकिन एतिएन ने उनकी प्रतिक्रिया पर कोई ध्यान नहीं दिया और बहुत आत्मतुष्ट भाव से सब उपस्थित लोगों के अभिवादन में सिर झुका लिया।

मेरा सारा ध्यान सोन्या पर केन्द्रित था। मुझे याद है, जब कभी वोलोद्या और एतिएन से बात करते हुए मुझे सोन्या की झलक मिल जाती और मुझे विश्वास हो जाता कि वह भी हमारी बातें सुन रही है—तब ऐसे क्षणों में मैं काफ़ी ऊँचे स्वर में बोलने लगता—ढूँढ़-ढूँढ़ कर फड़कती बातें कहता। किन्तु जब हम ड्राइंग-रूम के एक ऐसे कोने में आ गए जहाँ से सोन्या को देखना असम्भव था, मैं सहसा चुप पड़ गया और बातचीत में मेरी दिलचस्पी ख़त्म हो गई।

धीरे-धीरे ड्राइंग-रूम और बॉल-रूम मेहमानों से भरने लगे। जब ईविन-परिवार के लड़के आए, सेरेज़ा को देखकर ख़ुश होने के बजाय मेरा मन बुरी तरह खीज उठा। मुझे मालूम था वह सोन्या को देखेगा और सोन्या उसे...और इसकी कल्पना से ही मेरा मन बैठने लगा।

# माज़ुर्का से पहले

"अच्छा—यहाँ नाच की तैयारी है!" सेरेज़ा ने ड्राइंग-रूम से बाहर आकर अपनी जेब से दस्ताने बाहर निकाल लिए। "तब तो मुझे दस्ताने पहनने चाहिए।" उसने कहा।

"मैं क्या करूँ...हमारे पास दस्ताने ही नहीं हैं।" मैंने सोचा—"लेकिन शायद ऊपर के कमरे में हों।"

किन्तु मेरी सारी खोज व्यर्थ रही। मुझे सिर्फ़ एक फटा-पुराना दस्ताना दिखाई दिया जो बहुत बड़ा था और जिसकी बीच की अँगुली ग़ायब थी, मैं उसे हाथ में पहनकर उलटने-पलटने लगा। मेरी बीच की अँगुली नंगी होकर बाहर निकल आई, जो हमेशा स्याही से रंगी रहती थी।

"मैं इस तरह नीचे नहीं जा सकता...अगर वे मुझसे पूछेंगे कि मैं नाच क्यों नहीं रहा तो मैं क्या जवाब दूँगा? न ही मैं यहाँ छिपा रह सकता हूँ—वे मुझे ढूँढ़ने लगेंगे...करूँ तो क्या करूँ?" मैंने हताश होकर सोचा।

"यहाँ क्या कर रहे हो?" वोलोद्या ने पूछा, "जाओ—किसी महिला के साथ बातचीत करो...नाच शुरू होनेवाला है।"

"वोलोद्या..." मैंने उसे फटा-पुराना दस्ताना और उसके भीतर से झाँकती हुई अँगुलियों को दिखाते हुए पूछा, "तुमने इसके बारे में कुछ नहीं सोचा?"

"किस बारे में?" उसने अधीरता से पूछा, "अच्छा...दस्ताने।" उसने लापरवाही से मेरे हाथ को देखा, "हाँ भई...इसके बारे में तो भूल ही गए। आओ दादी से पूछते हैं।" और वह तेज़ी से भागते हुए नीचे चला गया।

मेरे लिए जो विकट समस्या थी, उसके प्रति वोलोद्या के ठंडे, सहज भाव ने मुझे भी आश्वस्त कर दिया—और जल्दी में अपना वह गन्दा-कुचला दस्ताना उतारे बिना ही मैं उसके पीछे-पीछे ड्राइंग-रूम में चला आया।

मैंने धीरे से दादी के हाथ को छूकर कहा, "दादी, हम क्या करें, हमारे पास दस्ताने ही नहीं हैं?"

"क्या नहीं है?"

"दस्ताने," मैंने दुबारा कहा और अपने दोनों हाथ उनकी कुर्सी के हत्थे पर रख दिये।

"और यह क्या है?" उन्होंने अचानक मेरा बायाँ हाथ उठाकर कहा, फिर मदाम वालाखीना की ओर मुड़कर फ्रेंच में बोलीं, "देखिए, आपकी लड़की के साथ नाचने के लिए यह जनाब कितना सज-धजकर आए हैं।"

दादी ज़बर्दस्ती मेरा दस्तानेवाला हाथ सबको दिखाने लगीं...जब सब लोगों ने उसे अच्छी तरह देख लिया तो चारों ओर हँसी की फुहार छूटने लगी।

अगर सेरेज़ा मुझे इस हालत में देखता, तो मैं शर्म से गड़ जाता। मैंने अपना हाथ खींचने की असफल कोशिश की। किन्तु सोन्या के सामने मुझे ज़रा भी बुरा न लगा। हँसते-हँसते उसकी आँखों में आँसू आ गए और बालों की लटें माथे पर झूलने लगी थीं। वह इतनी ज़ोर से, इतने मुक्त भाव से हँस रही थी कि मुझे विश्वास हो गया कि उसकी हँसी में कोई व्यंग्य-कटाक्ष नहीं है—उलटे मुझे लगा कि सबकी सम्मिलित हँसी हम दोनों को निकट ले आई है। अब ड्राइंग-रूम में मैं सहज-भाव से सबसे हँस-बोल रहा था और शुरू की झिझक ग़ायब हो गई थी।

शर्मीले लोगों की यातना इस सन्देह से उत्पन्न होती है कि पता नहीं दूसरे लोग उनके बारे में क्या राय बनाएँगे—जब एक बार उनकी राय स्पष्ट रूप से अभिव्यक्त हो जाती है। (चाहे वह कैसी ही राय क्यों न हो) तब उसी क्षण उनकी यातना ख़त्म हो जाती है।

हम सबके साथ नाचते हुए सोन्या कितनी आकर्षक दीख रही थी... उसके माथे पर गिरे बाल संगीत की थिरकन पर हिलने लगते। जब नाचते हुए मैंने एक बार फिर अपना दस्ताना दिखाया, तो वह दुबारा लोट-पोट हो गई।

फिर हम दोनों एक साथ बैठ गए। संकोच में मुझे कुछ भी समझ में नहीं आ रहा था कि उससे क्या बात करूँ। फिर मुझे डर लगा कि कहीं वह मुझे ख़ामोश देखकर भोंदू न समझ ले और मैं तेज़ी से बतियाने लगा।

"क्या तुम मास्को में ही रहती हो?" मैंने फ्रेंच में पूछा। जब उसने हामी भरी, मैंने कहा, "मैं पहले यहाँ कभी नहीं आया।" मुझे लगा, यद्यपि ऐसे वार्तालाप से भले ही मैं अपना फ्रेंच-ज्ञान जतला दूँ, इस तरह मैं ज़्यादा देर नहीं बोल सकता। मैं तनिक घबराकर उसकी ओर देखने लगा, पता नहीं वह मेरे बारे में क्या सोच रही होगी?

"तुम्हें यह अजीब दस्ताना कहाँ से मिला?" सहसा उसने पूछा। मुझे यह प्रश्न सुनकर बहुत ख़ुशी हुई...मैं विस्तार से बताने लगा कि यह दस्ताना कार्ल इवानिच का है...और मैं उनके व्यक्तित्व के बारे में मज़ाक़िया स्वर में हर तरह की बातें कहने लगा, जब वह अपनी लाल टोपी सिर से उठाते हैं, तो कितने अजीब लगते हैं, किस तरह एक बार वह घोड़े से गिरकर पानी के गड्ढे में गिर गए...इत्यादि। नाच कब शुरू हुआ, कब ख़त्म हो गया, मुझे पता भी न चला। यह सब तो ठीक था, लेकिन आख़िर कार्ल इवानिच पर इस तरह कटाक्ष करने की क्या ज़रूरत थी? क्या सचमुच सोन्या के दिल में मेरे प्रति अच्छी धारणा न बनती, अगर मैं कार्ल इवानिच के बारे में स्नेह और आदर से बात करता, जो मैं सचमुच उनके लिए महसूस करता था?

नाच ख़त्म होने पर सोन्या ने मुझे इतने मधुर भाव से धन्यवाद दिया कि मुझे लगा, वह सचमुच मेरे प्रति अपना आभार प्रकट कर रही है। मेरा दिमाग़ सात आसमान पर चढ़ गया। ख़ुशी के मारे मैं बेहाल हुआ जा रहा था। ख़ुद अपने को पहचान पाना मेरे लिए मुश्किल था। पता नहीं, कहाँ से मेरे भीतर इतना साहस और आत्मविश्वास भर आया? "कोई भी चीज़ मुझे नहीं डरा सकती!" बॉल-रूम में लापरवाही से चलते हुए मैंने सोचा, "मैं कुछ भी कर सकता हूँ।"

अगले नाच के लिए मैंने चारों तरफ़ अपनी आँखें दौड़ाईं। सब लड़कियों को पहले से ही साथी मिल गए थे, सिर्फ़ एक वयस्क लड़की अकेली ड्राइंग-रूम के दरवाज़े पर खड़ी थी। एक लम्बा-सा युवक उसकी ओर बढ़ रहा था, सम्भवत: उसे अपने साथ नाचने के लिए आमंत्रित करने को। वह उससे कुछ क़दम ही दूर था, जबकि मैं कमरे के दूसरे छोर पर खड़ा था। मैंने तेज़ क़दमों से बीच का फ़ासला पार किया और उसके सामने जाकर एड़ियाँ जोड़कर खड़ा हो गया और अपनी दृढ़ आवाज़ में अगले नाच के लिए उसे आमंत्रित किया। वह लड़की उदार भाव से मुस्कराई, अपना हाथ मेरी तरफ़ बढ़ा दिया और वह युवक ख़ाली हाथ वापस लौट गया।

मैं अपनी शक्ति में कुछ ऐसा मदहोश था कि मैंने युवक की नाराज़गी पर ज़रा भी ध्यान नहीं दिया। बाद में मैंने सुना, वह किसी से पूछ रहा था कि यह ऊबड़-खाबड़ बालोंवाला लड़का कौन है जो उसके हाथों से लड़की को छीनकर ले गया।

# माज़ुर्का

मैंने पिछले नाच में जिस युवक से उसकी साथिन को छीन लिया था, वह अब माज़ुर्का (एक प्रकार का नाच) नाच रहा था। मेरा कोई साथी न था, अत: मैं दादी की कुर्सी के पीछे बैठकर नाचते हुए जोड़ों को देख रहा था।

नाच के अन्त में कुछ वृद्ध पुरुष और महिलाएँ दादी से विदा लेने आए। नौकर रात का अन्तिम भोजन पीछे वाले कमरे में परोस रहे थे। दादी काफ़ी थक गई थीं और बैंड वही पुरानी धुन बजाने लगा था। इतने में वह लड़की, जिसके साथ पिछली बार मैं नाचा था, एक युवती के साथ आई और मुझे उसके साथ नाचने के लिए कहा। मैं टालना चाहता था क्योंकि माज़ुर्का नृत्य से मैं अनभिज्ञ था, लेकिन इनकार करने का साहस नहीं था और वह युवती मुस्कराते हुए मुझे नाच के फ़र्श पर ले आई।

पता नहीं कैसे, माज़ुर्का-संगीत की परिचित धुन को सुनकर मेरे पाँव अपने-आप कुछ अजीब क़दमों में उठने लगे और सब लोग मुझे आश्चर्य से देखने लगे। जब तक हम सीधे बढ़ते हुए जाते थे, मैं अपनी साथिन को जैसे-तैसे सँभालने लगता था, लेकिन जब मुड़ने को बारी आती थी,

मुझे बहुत मुश्किल पड़ती थी और यह भय लगता था कि कहीं मैं उसके सामने न अड़ जाऊँ। मैं कुछ इतनी बुरी तरह घबरा गया कि नाचने के बजाय मैं एक ही जगह अपने पाँव पटकने लगा, जिसका संगीत की लय से कोई तालमेल नहीं था, आख़िर मैं थककर खड़ा हो गया। सब लोग मुझे देख रहे थे, कौतूहल, अचरज और उपहास की मुद्रा में। सिर्फ़ दादी मेरी ओर से निपट उदासीन थीं।

"अगर नाचना नहीं आता, तो बीच में धँसने क्यों आए थे?" मुझे अपने कानों में पिताजी का क्रुद्ध स्वर सुनाई दिया। उन्होंने धक्का देकर मुझे अलग ठेल दिया और दर्शकों की करतल ध्वनि के साथ पुराने फ़ैशन में माज़ुर्का नाचते हुए मेरी साथिन को उसकी कुर्सी तक ले आए। उसी क्षण माज़ुर्का भी समाप्त हो गया।

"हे ईश्वर, तुमने ऐसी भयानक सज़ा मुझे क्यों दी?" मैं मन-ही-मन अपने को कोस रहा था।

"हर कोई मुझसे घृणा करता है, और करता रहेगा...मेरे लिए हर राह—दोस्ती, प्रेम, सम्मान की राहें—बन्द हैं। मैंने सब कुछ खो दिया है। वोलोद्या सबको दिखा-दिखाकर मेरी तरफ़ इशारे क्यों कर रहा था, जबकि मैं उन्हें समझने में असमर्थ था? मेरी साथिन बराबर मेरे पैरों को क्यों देख रही थी? सोन्या मुस्करा क्यों रही थी? पिताजी ने शर्म से लाल होकर मेरी बाँह क्यों पकड़ी थी? क्या सचमुच वह भी मुझ पर शर्मिन्दा हो सकते हैं? छि:-छि: कितनी भयानक बात है...अगर माँ होतीं तो क्या इस तरह अपने निकलस पर शर्मिन्दा होतीं?" और तब मैं अपनी कल्पना में कहीं बहुत दूर चला गया। मुझे सहसा बहुत-सी चीज़ें याद आने लगीं—हमारे घर के सामने फैला चरागाह, बाग़ में सरसराते लम्बे नीबू के पेड़, साफ़ पानी का तालाब, जिस पर परिन्दे चक्कर लगाते थे, पारदर्शी अलसाए बादलों से भरा नीला आकाश, नये कटे अनाज की मदमाती गन्ध, अनेक शान्त और उज्ज्वल स्मृतियाँ मेरे उद्भ्रान्त मस्तिष्क में रह-रहकर घुमड़ने लगीं।

# माज़ुर्का के बाद

भोजन के समय हमारी मेज़ पर वही युवक बैठा था, जो पिछले तीन-चार नाचों में भाग ले चुका था। वह बराबर मुझे ख़ुश करने की कोशिश कर रहा था। जब बड़ों की आँखें दूसरी तरफ़ होतीं, वह मेरे गिलास में शराब डाल देता और आग्रह करता कि मुझे सारा गिलास पी लेना चाहिए। कुछ क्षणों बाद मैं अपनी शर्म और यातना को भूल गया, एक हल्की-सी गरमाई मेरी रगों में दौड़ने लगी और अकारण ही मैं ज़ोर-ज़ोर से हँसने लगा।

कुछ ही देर बाद एक नये नाच का बैंड बजने लगा और सब लोग मेज़ से उठने लगे। वह युवक बड़े लोगों की भीड़ में खो गया और मैं उत्सुकतावश श्रीमती वालाखीना और उनकी पुत्री के बीच होनेवाले वार्तालाप को सुनने लगा।

"सिर्फ़ आधा घंटा और!" सोन्या बहुत आग्रह-भरे स्वर में कह रही थी।

"अब हमें चलना चाहिए।" उसकी माँ ने कहा।

"मेरी ख़ातिर क्या इतना भी नहीं...?" सोन्या ने फुसलाते हुए कहा।

"और अगर कल तुम बीमार पड़ गईं?"

"सच...तुम ठहरोगी न?" सोन्या ने ख़ुशी से कूदते हुए कहा।

"अच्छा भई...जाओ नाचो...देखो, यह जनाब पहले से ही तुम्हारे लिए हाज़िर हैं।" उन्होंने मेरी ओर इशारा करते हुए कहा।

सोन्या ने मुझे अपना हाथ दिया और हम दोनों बॉल-रूम की तरफ़ भागने लगे।

शराब और सोन्या की उपस्थिति ने शीघ्र ही मेरे दुःख को अपने में डुबो दिया। ख़ुशी की रौ में आकर मैं अपने हाथों और पैरों से विभिन्न प्रकार के दिलचस्प करतब दिखलाने लगा...सोन्या मुझे देखते हुए बराबर हँसती जा रही थी। हम एक-दूसरे का हाथ पकड़कर निरन्तर एक गोल दायरे में नाच रहे थे। जब मैंने एक ही छलाँग में छत छूने की कोशिश की, तब तो हँसते-हँसते वह पागल-सी हो गई।

सहसा मेरी निगाह दादी के लम्बे आईने पर पड़ गई। मेरा चेहरा पसीने से लथपथ था और माथे पर बाल बिखर आए थे, लेकिन आईने में अपने चेहरे पर सुख, उल्लास और स्वस्थ दमकते भाव को देखकर मैं ख़ुशी से फूला न समाया। 'अगर मैं हमेशा ऐसा रहूँ...' मैंने सोचा, 'तो मैं दूसरों को हरदम अपनी ओर आकर्षित कर सकता हूँ।'

किन्तु जब मेरी आँखें सोन्या के सुन्दर चेहरे पर दुबारा पड़ीं मुझे लगा कि उसमें लावण्य, स्वास्थ्य और निश्चिन्तता के अतिरिक्त एक बहुत ही नाज़ुक और पारदर्शी क़िस्म का सौन्दर्य है...और जो शायद हमेशा मेरी पहुँच के बाहर रहेगा। मैं अपनी बेवक़ूफ़ी पर खीज उठा कि मैंने कभी उसकी चाहना की थी।

यह जानते हुए भी कि मुझे अपनी भावनाओं के बदले में कुछ भी नहीं मिलेगा, मेरी आत्मा में एक अजीब-सी ख़ुशी उमड़ने लगी। मैं सिर्फ़ यह चाहता था कि मेरे इस प्यार, इस ख़ुशी का अन्त कभी न हो। मैं जैसा था, वैसा ही सुखी था। मेरा दिल एक कबूतर के पंखों की तरह फड़फड़ा रहा था, और मुझे लग रहा था कि किसी भी क्षण मेरे आँसू फूट पड़ेंगे।

जब हम ज़ीने के नीचे अँधेरे गोदाम से होकर गुज़र रहे थे, मुझे ख़याल आया कि कितना अच्छा हो, अगर मैं उसके साथ उस गोदाम में रह सकूँ... मैं और वह दोनों—और किसी को हमारा अता-पता मालूम न हो।

"तुम नहीं सोचतीं—यह बहुत हँसी-ख़ुशी की रात है?" मैंने धीमे काँपते स्वर में कहा और फिर अपने क़दम तेज़ कर दिये, मैं सहसा भयभीत हो गया था, अपने शब्दों पर उतना नहीं, जितना उस पर, जो अनकहा रह गया था।

"हाँ...बहुत।" उसने अपना मुँह मेरी ओर उठाकर कहा। उसके चेहरे पर इतना मृदु और मुक्त भाव बिछा था कि सहसा मेरा भय मर गया।

"ख़ास कर भोजन के बाद का यह समय...लेकिन जब मैं यह सोचता हूँ कि हम दोनों फिर कभी नहीं मिलेंगे, मुझे बहुत अफ़सोस होता है..." मैंने कहा।

"क्यों...दुबारा क्यों नहीं मिलेंगे?" उसने अपने जूतों की नोक को ध्यान से देखते हुए कहा, "हर मंगल और शुक्रवार को मैं माँ के साथ त्वोरस्कोय बुलीवा जाती हूँ...क्या तुम कहीं टहलने नहीं जाते?"

"मैं मंगलवार को आने की कोशिश करूँगा...अगर वे इजाज़त नहीं देंगे, तो मैं अकेला ही बिना पूछे आ जाऊँगा। मुझे रास्ता मालूम है।"

"सुनो..." सोन्या ने अचानक कहा, "मैं अपने दोस्तों को 'तू' कहकर बुलाती हूँ...हम दोनों भी एक-दूसरे को 'तुम' की जगह 'तू' कहेंगे, ठीक है?" उसने सीधा अपनी आँखों को मेरी आँखों में डालते हुए कहा।

उसी क्षण हम बॉल-रूम में आ रहे थे...नया नाच शुरू हो रहा था।

"क्या मैं तुम्हारे साथ...?" सोन्या खिलखिलाकर हँस पड़ी।

नाच ख़त्म होने लगा था और इस दौरान मैं एक बार भी उसे 'तू' न कह सका था। मुझमें इतना साहस ही नहीं था कि मैं कोई ऐसा वाक्य बोल सकूँ जिसमें 'तू' का प्रयोग होता हो। "तेरे साथ, तुम्हारे साथ नहीं" उसके ये शब्द बार-बार मेरे कानों में गूँज रहे थे, मेरे भीतर एक मदमाता-सा नशा भर रहा था। मेरी आँखों के सामने सिर्फ़ सोन्या थी, और कुछ भी नहीं, कोई भी नहीं।

फिर वह अपने सम्बन्धियों के साथ जाने की तैयारी करने लगी। उन्होंने उसकी घुँघराली लटों को उठाकर कानों के पीछे कर दिया जिससे उसके माथे और कनपटियों के कुछ ऐसे हिस्से खुल गए, जिन्हें मैंने अब तक नहीं देखा था। उन्होंने उसे पहले की तरह हरी शॉल में लपेट लिया था, जिससे सिर्फ़ उसकी नाक दिखाई देती थी। वह जल्दी-जल्दी अपनी माँ के साथ सीढ़ियाँ उतरी, पीछे मुड़कर हाथ हिलाया और दरवाज़े से बाहर निकलकर आँखों से ओझल हो गई।

वोलोद्या, ईविन-परिवार के लड़के और मैं—हम सब सोन्या से प्रेम करने लगे थे और ज़ीने पर खड़े होकर उसे देख रहे थे। मालूम नहीं, उसने किस ख़ास लड़के की ओर देखकर हाथ हिलाया था, लेकिन उस क्षण मुझे पक्का विश्वास था कि वह मेरे सिवा कोई और न था।

ईविन लड़कों से विदा लेते हुए मैंने सेरेज़ा से बहुत मुक्त भाव से—जिसमें थोड़ा-बहुत रूखापन भरा था—हाथ मिलाया। शायद वह भी समझ गया था कि उसके प्रति पहले जैसा प्रेम अब मुझमें नहीं रहा। उसे शायद अफ़सोस हुआ हो...लेकिन ऊपर से उसने कुछ प्रकट नहीं किया।

ज़िन्दगी में पहली बार मैं अपने प्रेम में ग़ैर-वफ़ादार रहा था और पहली बार मुझे उस अनुभूति के मीठेपन का अहसास हुआ। मुझे ख़ुशी थी कि आदत में फँसी मेरी फटी-पुरानी आराध्य-भावना मुझसे छूट गई है और उसकी जगह एक प्रेम की ताज़ी भावना ने ले ली है जो एक साथ बहुत रहस्यमय और डाँवाँडोल है। यों भी प्यार ख़त्म होने और साथ-साथ नये सिरे से शुरू करने पर हम पहले से दुगुना प्यार करने लगते हैं।

# बिस्तर में

'भला मैं सेरेज़ा को इतने लम्बे अर्से तक और इतने उन्माद के साथ कैसे प्यार कर सकता था?' बिस्तर पर लेटे-लेटे मैं यही सोच रहा था। 'नहीं...वह कभी मेरे प्रेम को नहीं समझ सका, कभी उसका मूल्य नहीं आँक सका—वह मेरे प्रेम का अधिकारी था ही नहीं...लेकिन सोन्या, आह...उसकी बात अलग है, बिलकुल अलग।'

सहसा उसके चेहरे की तसवीर मेरी आँखों के सामने घूम गई...मैंने रज़ाई से अपनी सारी देह अच्छी तरह ढक ली—और जब उसका कोई कोना खुला न रहा, मैं गरमाई में लिपटा हुआ अपने सपनों और स्मृतियों में खो गया। मैं उसे हू-ब-हू वैसे ही देख सकता था, जैसे एक घंटा पहले देखा था...मैं मन-ही-मन उससे बातें कर रहा था और यद्यपि ये बातें बिलकुल अर्थहीन थीं, उनमें बार-बार 'तू', 'तेरे साथ', 'तुझे' जैसे शब्द आते थे, जिन्हें सोचते ही मेरा मन उल्लास से भर उठता था।

मैं बहुत देर तक इस मीठी उत्तेजना में जगा रहा। आख़िर मुझसे न रहा गया और अपने सुख को किसी दूसरे के साथ बाँटने की इच्छा सहसा बलवती हो गई।

"वोलोद्या, क्या तुम सो गए?" मैंने करवट बदलकर कहा।

"नहीं..." उसने सोये-से स्वर में कहा, "क्या बात है?"

"मैं प्यार करने लगा हूँ...वोलोद्या, सचमुच सोन्या से प्यार करने लगा हूँ।"

"तो फिर...?" उसने जम्हाई लेते हुए कहा।

"आह वोलोद्या—मेरे ऊपर क्या बीत रही है, तुम कल्पना नहीं कर सकते। मैं अभी कम्बल के नीचे उससे बातें कर रहा था—और सुनो...जब मैं उसके बारे में सोचता हूँ, मेरा मन इतना उदास हो जाता है कि रोने को जी चाहता है..."

वोलोद्या थोड़ा-सा हिला-डुला।

"मैं सिर्फ़ यह चाहता हूँ कि हमेशा उसके साथ रहूँ, हमेशा उसे देखता रहूँ...बस इससे ज़्यादा और कुछ नहीं। क्या तुम भी प्रेम करते हो, वोलोद्या... सच-सच बताओ?"

यह अजीब था कि मैं चाहता था, हर कोई सोन्या से प्यार करने लगे और सिर्फ़ उसके बारे में ही बातें करता रहे।

"तुम्हें इससे क्या?" वोलोद्या ने अपना चेहरा मेरी तरफ़ मोड़ते हुए कहा, "शायद करता हूँ।"

"तुम सो नहीं रहे थे—सिर्फ़ बहाना कर रहे थे।" उसकी साफ़, चमकती आँखों में नींद का नामोनिशान न था। मैंने अपना कम्बल उतारकर अलग कर दिया।

"आओ उसके बारे में बातें करें...सच बताओ, वह कितनी ख़ूबसूरत है...है या नहीं? अगर वह मुझसे कहे, 'निकलस, खिड़की से कूद जाओ या अपने को आग में झोंक दो।' तो सचमुच मैं ख़ुशी-ख़ुशी उसके आदेश का पालन करूँगा।" सहसा इसकी कल्पना-मात्र से मेरा मन रोमांचित हो उठा। मैंने अपना सिर तकिये के नीचे धँसा लिया।

"वोलोद्या...मैं बहुत बुरी तरह रोना चाहता हूँ..."

"बेवकूफ़ कहीं का!" उसने मुस्कराते हुए कहा...फिर एक क्षण ठहरकर बोला, "मैं तुम्हारी तरह कुछ भी महसूस नहीं कर रहा...मैं सिर्फ़ उसके पास बैठकर बातें करना चाहता हूँ।"

"अच्छा...तो तुम भी उससे प्यार करते हो—क्यों, ठीक है न?"

"उसके बाद..." वोलोद्या ने कोमल भाव से मुस्कराते हुए कहा, "मैं उसकी अँगुलियाँ, उसकी आँखें, होंठ, नाक और पैर—उसका सब कुछ चूमना चाहूँगा।"

"बकवास!" मैं तकिये के नीचे से चीख़ा।

"तुम कुछ भी नहीं समझते।" वोलोद्या ने हिकारत से कहा।

"हाँ...हाँ, मैं समझता हूँ...असल में तुम कुछ नहीं समझते और ऊलजलूल बकते हो..." मैंने आँसुओं के बीच कहा।

"अच्छा भई...इसमें रोने की क्या बात है...तुम तो लड़कियों से भी गए-बीते हो।"

# पत्र

उस़ घटना के छह महीने बाद एक दिन पिताजी हमारे कमरे में आए और हमसे कहा कि उस रात हम उनके साथ वापस गाँव जा रहे हैं। यह ख़बर सुनते ही मेरा दिल डूबने लगा और मेरा ध्यान सहसा माँ की तरफ़ चला गया।

हमारी अचानक वापसी का कारण माँ का यह पत्र था जो उन्होंने पिताजी को लिखा था :

> पिछले शुक्रवार को जब मैं गाड़ी में सैर करने जा रही थी, अचानक मेरी तबियत ख़राब हो गई और मैं होश-हवास खोकर अनाप-शनाप बकने लगी। मिमी ने ज़बर्दस्ती मुझे बिस्तर पर लिटा दिया। दूसरे दिन मुझे बुख़ार चढ़ आया...ईश्वर वासिलिच का भला करे, वह दिन-रात मेरे सिरहाने बैठा रहा करता था।
>
> हम सब यहाँ तुम्हारे बिना बहुत उदास महसूस करते हैं...यहाँ वसन्त का मौसम बहुत सुन्दर रहा, आड़ू-ख़ूबानी के पेड़ बिलकुल मर गए हैं और सब रास्ते-पगडंडियाँ साफ़-सूखी नज़र आती हैं।

सिर्फ़ कहीं-कहीं बर्फ़ के टुकड़े बाक़ी रह गए हैं। परिन्दे वापस लौट आए हैं। तुम मेरी चिन्ता न करो। डॉक्टर कहते हैं कि दो-चार दिनों में मैं उठने-बैठने लगूँगी। मैं उस दिन की अधीरता से प्रतीक्षा कर रही हूँ जब तुम बच्चों समेत यहाँ लौट आओगे।

पत्र का शेषांश जल्दी-जल्दी फ्रांसीसी भाषा में लिखा हुआ था :

मैंने जो अपनी बीमारी के बारे में लिखा है, उस पर विश्वास न करो। यहाँ कोई सन्देह नहीं करता कि मेरी हालत कितनी ख़राब है। मैं अकेली जानती हूँ कि अब मैं बिस्तर से कभी नहीं उठूँगी। तुम जितना जल्दी हो सके, बच्चों को लेकर मेरे पास चले आओ। मैं उन्हें गले लगाकर चूम सकूँ, यह मेरी अन्तिम इच्छा है। मुझे मालूम है कि तुम्हें यह ख़बर पाकर कितना झटका लगेगा—ईश्वर तुम्हें बर्दाश्त करने की ताक़त दे।

कृपया यह मत सोचो कि यह सब मैं बुख़ार के सन्निपात में लिख रही हूँ...मेरा मस्तिष्क बिलकुल साफ़ है और मैं बिलकुल शान्त हूँ। अपने को झूठी दिलासा न दो। मैं अच्छी तरह जानती हूँ कि अब मेरे जीने के दिन ज़्यादा नहीं हैं।

क्या मेरी ज़िन्दगी के साथ-साथ तुम्हारे और बच्चों के प्रति मेरा प्रेम भी समाप्त हो जाएगा? यह असम्भव है। प्यार की यह गहरी अनुभूति—जिसके बिना मुझे अपना अस्तित्व सूना लगता है—कभी नष्ट नहीं हो सकती। मैं इसकी कल्पना भी नहीं कर सकती कि मेरे जाने के बाद यह प्यार भी चला जाएगा। मेरी आत्मा इस प्यार के बिना नहीं रह सकती। मैं जानती हूँ कि यह प्यार जीवित रहेगा क्योंकि ऐसा प्यार कभी मेरे भीतर उपजता ही नहीं, यदि उसे एक दिन मर जाना होता।

मैं नहीं रहूँगी लेकिन इसमें मुझे रत्ती-भर सन्देह नहीं कि मेरा प्रेम हमेशा तुम्हारे साथ रहेगा—और यह विश्वास मेरे दिल को इतनी गहरी तसल्ली देता है कि मैं निडर-भाव से मृत्यु की प्रतीक्षा कर सकती हूँ।

मैं बिलकुल शान्त हूँ...ईश्वर जानता है कि मैंने मृत्यु को हमेशा ऐसी राह माना है, जो हमें एक बेहतर ज़िन्दगी की तरफ़ ले जाती है। फिर ये आँसू क्यों? क्या यह अनिवार्य है कि बच्चों को ज़बर्दस्ती उनकी माँ से वंचित किया जाए? यह क्यों ज़रूरी है कि तुम्हें इतना गहरा सदमा पहुँचे? मरने की क्या तुक है, जबकि तुम्हारे प्रेम ने मेरे जीवन को इतना सुखी बनाया था? सब ईश्वर की मर्ज़ी है।

आँसुओं के कारण मैं अधिक नहीं लिख सकती। मुमकिन है, मैं तुम्हें फिर कभी न देख सकूँ। प्रिय, मैं तुम्हारी कृतज्ञ हूँ, ऐसा कोई सुख नहीं था, जो तुमने मुझे नहीं दिया। ईश्वर तुम्हें अवश्य इसके लिए पुरस्कृत करेगा। अलविदा! याद रखो, मैं नहीं रहूँगी, लेकिन तुम जहाँ भी होगे, मेरा प्यार तुम्हारे साथ रहेगा। वोलोद्या, अलविदा...मेरे लाड़ले! अलविदा, प्यारे निकलस!

क्या यह सम्भव है कि मेरे बच्चे मुझे ही भूल जाएँगे?

# वापसी

मास्को छोड़ते समय पिताजी अपने विचारों में डूबे थे। जब वोलोद्या ने उनसे पूछा कि क्या माँ बीमार हैं, तो भी वह कुछ न बोले, सिर्फ़ चुपचाप सिर हिला दिया। यात्रा के दौरान वह और भी अधिक उदास और ग़मगीन हो गए। जब गाड़ी घर के सामने रुकी, फोका हाँफता हुआ हमारे पास आया। "नातालिया निकोलावना कहाँ है?" पिताजी ने छूटते ही पूछा। फोका ने डरी, झिझकती आँखों से हमारी ओर देखकर दरवाज़ा खोला और दूसरी तरफ़ मुँह फेरकर बोला, "यह छठा दिन है जब वह अपने कमरे से बाहर नहीं आईं।"

हमारी कुतिया मील्का ख़ुशी से चीख़ती हुई पिताजी के पास दौड़ी आई, किन्तु पिताजी ने उसे अलग हटा दिया और तेज़ी से पाँव बढ़ाते हुए माँ के कमरे की तरफ़ चलने लगे। ड्राइंग-रूम में घुसते ही उनके क़दम धीमे पड़ गए, चेहरे पर चिन्ता की काली छाया सिमट आई, सलीब का निशान बनाकर उन्होंने धीरे से दरवाज़े का हैंडिल दबाया। इतने में मिमी दौड़ती हुई पिताजी के पास आई और हताश, हाँफते स्वर में बोली, "यहाँ से नहीं, दूसरे दरवाज़े से।"

इस बीच हम नौकरों के कमरे में आ गए थे। सब लोगों के चेहरे इतने उदास थे कि मैं आतंकित-सा हो गया। वहाँ एक कोने में पुरानी नौकरानी नातालिया बैठी हुई मोज़े बुन रही थी। वह हमेशा हमें चूमती थी, लेकिन इस बार उसने ऐनक से हमें देखा, और उसके चेहरे पर आँसुओं की धार बहने लगी। मुझे यह बात काफ़ी अखर रही थी कि हमें देखते ही सब नौकर-चाकर रोने लगते थे, हालाँकि हमारे आने से पहले वे सब शान्त बैठे थे।

दरवाज़े के बाईं ओर एक पर्दा लगा था, जिसके पीछे एक पलंग एक छोटी-सी मेज़ और दवाइयों की अलमारी रखी थी। अलमारी के पास ही एक बड़ी आरामकुर्सी रखी थी, जिस पर डॉक्टर साहब ऊँघ रहे थे। पलंग के सामने एक असाधारण सुन्दर लड़की सफ़ेद गाउन पहने खड़ी थी, उसने अपने ब्लाउज़ की बाँहें तनिक मोड़कर पीछे की तरफ़ खिसका ली थीं और वह माँ के माथे पर बर्फ़ की पट्टियाँ रख रही थी। ज्योंही हम भीतर आए, उसने माँ के माथे से हाथ हटाकर अपने वक्ष का कपड़ा ठीक किया और फिर धीरे से फुसफुसाकर कहा, "बेहोश हैं।"

यद्यपि उस समय मैं व्यथा के असह्य क्षणों से गुज़र रहा था, अनायास आसपास की चीज़ों पर मेरी आँखें घूमने लगीं। कमरे में अँधेरा था और हवा में यूडिकोलोन इत्र और दवाइयों की गन्ध फैली थी। आज भी जब कभी मैं उस गन्ध को याद करता हूँ, मेरे सामने अँधेरे कमरे के वे भयानक क्षण घूम जाते हैं।

माँ की आँखें खुली थीं, किन्तु वह कुछ भी नहीं देख रही थीं...मैं कभी उनकी आँखों को नहीं भुला पाऊँगा। उनमें कितनी गहरी पीड़ा थी...

बाद में मैंने घर की नौकरानी, नातालिया से माँ के अन्तिम क्षणों के बारे में पूछा था...उसने जो कुछ बताया, वह यह था :

> तुम लोगों के कमरे से जाने के बाद वह बेचारी बहुत देर तक करवटें बदलती रहीं। लगता था, जैसे उनका दम घुट रहा हो। फिर कुछ देर बाद उनका सिर तकिये पर लुढ़क गया और वह एक गहरी, शान्त नींद में डूब गईं। मैं ज़रा पानी लेने बाहर गई थी,

वापस आकर देखती हूँ कि उन्होंने अपनी चादर, रज़ाई, सब उठाकर फेंक दी हैं और वह बराबर तुम्हारे पिताजी को इशारे से अपने पास बुला रही थीं। वह उनके ऊपर झुक गए, लेकिन तुम्हारी माँ के पास इतनी शक्ति भी नहीं थी कि जो कुछ कहना चाह रही थीं, उसे कह सकें। जब कभी वह अपने होंठ खोलतीं, उनके मुँह से सिवाय 'हे प्रभु, हे प्रभु'...'बच्चे, मेरे बच्चे!' के अलावा कुछ भी बाहर नहीं निकलता था। मैं तुम्हें बुलाने जा ही रही थी, कि इवान वासिलिच ने मुझे रोक दिया। उन्होंने कहा कि बच्चों को देखकर उनकी हालत और भी बिगड़ जाएगी। उसके बाद वह सिर्फ़ सिर उठाती थीं और फिर झुका देती थीं। ईश्वर ही जाने, वह क्या कहना चाहती थीं। मुझे लगता है कि तुम्हारी अनुपस्थिति में वह तुम्हें आशीर्वाद दे रही थीं...जैसे उन्हें मालूम हो कि मृत्यु की घड़ी तक वह तुम्हें नहीं देख सकेंगी। फिर अचानक वह उठ बैठीं, इस तरह हाथ हिलाया और सहसा ऐसे स्वर में बोलीं, कि उसके बारे में सोचते ही डर लगता है... ज़ोर से चीख़ीं, "देवी माँ, उनकी रक्षा करना।" और तब जैसे उनका दिल गहरी पीड़ा में सिकुड़ने लगा...उनकी आँखों को देखकर उनकी भयानक यातना का अनुमान लगाया जा सकता था। वह पछाड़ खाकर तकिये पर गिर पड़ीं, दाँतों में चादर भींच ली, उनकी आँखों से आँसुओं की धारा बह रही थी।

"और फिर?" मैंने पूछा।

नातालिया से आगे कुछ नहीं कहा गया, वह मुँह फेरकर फफक-फफककर रोने लगी।

माँ बहुत पीड़ा में मरी थीं।

# शोक

दूसरे दिन शाम को मेरे मन में माँ को दुबारा देखने की इच्छा हुई। अपने भय को किसी तरह दबाकर मैंने 'संगीत-कक्ष' का दरवाज़ा खोला और पंजों के बल चलता हुआ भीतर चला आया।

कमरे के बीचोबीच मेज़ पर माँ का शव कफ़न में लिपटा रखा था। उसके चारों तरफ़ लम्बी मोमबत्तियाँ जल रही थीं। कमरे के सुदूर कोने में पादरी धीमे स्वर में भजन गा रहा था।

मेरे पाँव देहरी पर ही ठिठक गए। रोते-रोते मेरी आँखें सूज आई थीं, मन इतना झटका और बिखरा था कि कमरे की कोई चीज़ साफ़ दिखाई नहीं दे रही थी। हर चीज़ जैसे बह रही थी, रोशनी, स्वर्ण-धागों की सुनहरी चादर, मखमल, लम्बी मोमबत्तियाँ, गुलाबी लैस का तकिया, माँ का रिबनों से बना हैट उनके चेहरे का मोम-सा पारदर्शी रंग। मैंने कुर्सी पर चढ़कर उनके चेहरे को अच्छी तरह देखने की कोशिश की किन्तु उसकी जगह मुझे सिर्फ़ एक पीली-सी पारदर्शी चीज़ दिखाई दी। मुझे विश्वास नहीं हुआ कि यह 'चीज़' उनका चेहरा हो सकती है। जब मैं देर तक ध्यान से उसे देखता रहा,

तब मैं कहीं उनके प्रिय, चिर-परिचित नाक-नक़्श को पहचान सका। और तब इस अहसास से ही मेरा मन भय ये काँप उठा कि यह सचमुच माँ हैं। किन्तु उनकी बन्द आँखें इतनी क्यों धँसी हुई थीं? और उनकी एक गाल की पारदर्शी त्वचा पर वह काला धब्बा और भयानक पीलापन कहाँ से आया? उनके चेहरे का भाव इतना ठंडा और कठोर कैसे हो गया? उनके होंठ इतने पीले, इतने सुन्दर और गौरवपूर्ण लग रहे थे, एक अजीब, अपार्थिव शान्ति से ओत-प्रोत कि उन्हें देखते ही मेरी समूची देह में ठंडी झुरझुरी दौड़ने लगी।

मुझे उस क्षण लगा जैसे एक अज्ञात, अमोघ शक्ति मेरी आँखों को उनके निष्प्राण चेहरे पर बाँधे है। मेरी आँखें उनके चेहरे से उठती ही न थीं, फिर भी न जाने क्यों मैं बराबर सुख और फली-फूली ज़िन्दगी की कल्पनाओं में खोने लगा। मैं यह बार-बार भूल जाता था कि वह मृत देह, जो मेरे सामने है, मेरी माँ हैं, एक ऐसी चीज़, जिसे मैं अनवरत देख रहा हूँ, किन्तु जिसका मेरी स्मृतियों से कोई वास्ता नहीं। मैं उन स्थितियों को याद करने लगता, जिनमें मैंने माँ को प्रसन्न, जीवन्त और हँसते हुए पाया था, और तब सहसा मेरी आँखें उनके पीले चेहरे पर किसी पहचाने चिह्न पर अटक जातीं और मैं काँपते हुए दुबारा भयानक यथार्थ में लौट आता, लेकिन फिर भी अपनी आँखें उनके चेहरे से न हटा पाता। फिर दुबारा मेरे स्वप्न यथार्थ पर हावी हो जाते और एक बार फिर यथार्थ की चेतना मेरे स्वप्नों को छिन्न-भिन्न कर देती। आख़िर मेरी कल्पना-शक्ति चुकने लगी, और उसमें मुझे धोखा देने की क्षमता ख़त्म हो गई। उसके साथ-साथ यथार्थ की चेतना भी ग़ायब हो गई और मैं बेहोशी की हालत में बैठा रहा। पता नहीं, मैं कब तक ऐसी स्थिति में रहा, न ही मैं उस स्थिति के बारे में कुछ जान सका। मैं सिर्फ़ इतना कह सकता हूँ कि कुछ देर के लिए मैं अपने समूचे अस्तित्व को भूल गया था और एक बहुत उदात्त, निर्वचनीय क़िस्म के उल्लास और दुःख, दोनों को साथ-साथ महसूस कर रहा था।

दरवाज़ा खुला और एक दूसरा पादरी कमरे में चला आया ताकि पहले पादरी को छुट्टी मिल सके। दरवाज़ा खुलने की आवाज़ से मैं सचेत हो गया।

पहला ख़याल मुझे आया कि मैं कुर्सी पर जिस मुद्रा में खड़ा हूँ, उससे पादरी यह अनुमान लगाएँगे कि मुझमें माँ की मृत्यु का शोक-सन्ताप कुछ भी नहीं है और मैं महज़ कौतूहलवश कुर्सी पर खड़ा होकर माँ के शव को देख रहा हूँ। मैंने सलीब का निशान बनाया, और सिर नीचे झुकाकर रोने लगा।

आज जब मैं उन क्षणों को याद करता हूँ, मुझे लगता है कि सच्चा दुःख सिर्फ़ उन लम्हों में निहित था, जब मैं अपने को कुछ देर के लिए भूल गया था। माँ को क़ब्र में दबाने से पूर्व और बाद में भी मैं रोया था, दिन-रात शोकमग्न रहता था, किन्तु आज अपने उस शोक के बारे में सोचकर मुझे अपने पर शर्म-सी आती है, उसमें हमेशा एक स्वार्थ-भावना भरी रहती थी। कभी दूसरों को यह दिखाने की इच्छा होती थी कि मेरा दुःख सबसे ज़्यादा है, कभी यह चिन्ता सताती थी कि दूसरों पर मेरे 'शोक-प्रदर्शन' का कैसा असर पड़ रहा है, कभी मैं निरुद्देश्य कौतूहल में मिमी का हैट या उपस्थित लोगों के चेहरे देखने लगता था। मुझे अपने से घृणा होती थी क्योंकि मैं शोक के अलावा बहुत-सी दूसरी चीज़ें महसूस करता था और इन दूसरी चीज़ों को छिपाने की कोशिश करता था। इससे मेरा शोक काफ़ी अस्वाभाविक और कृत्रिम जान पड़ता था। इसके अलावा मुझे यह सोचकर अजीब-सी ख़ुशी महसूस होती थी कि मैं दुखी हूँ और जानबूझकर अपने दुःख की चेतना को अधिक तीव्र बनाने की चेष्टा करता था। इसी अहंभाव ने मेरे भीतर के सच्चे दुःख को दबा दिया था।

उस रात मैं शान्त, गहरी नींद में सोया—ऐसी नींद, जो अक्सर दिन-भर के शोक-सन्ताप के बाद आती है। जब मैं सुबह उठा, मेरी आँखें सूजी थीं और दिल शान्त था। दस बजे के क़रीब हमें प्रार्थना के लिए बुलाया गया, शव-यात्रा शुरू होने से पहले। सारा कमरा घरेलू नौकर-चाकरों से भरा था, जो आँखों में आँसू भरके अपनी मालकिन से विदा लेने आए थे। प्रार्थना के समय मैं रो रहा था, किन्तु मेरा दिल प्रार्थना में नहीं था और मैं उसके प्रति काफ़ी उदासीन-सा महसूस कर रहा था। उससे अधिक मैं इस चीज़ से कहीं अधिक परेशान था कि नया कोट, जो उन्होंने मुझे पहनने के लिए दिया था,

मेरी बग़लों की तरफ़ से कितना तंग है। प्रार्थना में झुकते समय मुझे इस बात की भी फ़िक्र थी कि कहीं मेरी पतलून न ख़राब हो जाए। मैं बराबर सब उपस्थित लोगों को कनखियों से देख रहा था। मेरे पिता शव के बिलकुल पीछे खड़े थे, उनका चेहरा हल्दी की तरह पीला पड़ गया था और वह बड़ी कठिनाई से अपने आँसू रोकने की कोशिश कर रहे थे। काले कोट में उनका लम्बा डील-डौल, उनका अत्यधिक पीला चेहरा और आत्मविश्वास से भरी उनकी हर गतिविधि में कोई अन्तर नहीं आया था, चाहे वह झुककर अपनी अँगुलियों से फ़र्श को छू रहे हों, पादरी के हाथों से मोमबत्ती ले रहे हों या कफ़न के क़रीब जा रहे हों। पता नहीं क्यों, उस समय उनका आत्मविश्वास, हर काम में उनकी दक्षता मुझे अखरने लगी थी। मिमी दीवार का सहारा लिए लड़खड़ाती-सी खड़ी थी, मानो अपने को सँभाल न पा रही हो, उसकी पोशाक अस्त-व्यस्त-सी हो रही थी, आँखें सूजकर लाल-सुर्ख़ हो गई थीं, सिर का हैट एक तरफ़ लुढ़क आया था, वह फूट-फूटकर सिसक रही थी जिसे देखकर ही दिल फटने लगता था और वह निरन्तर अपने चेहरे को रूमाल या हाथों से ढाँपने की कोशिश कर रही थी। लगता था जैसे वह दर्शकों से अपना मुँह छिपाने का उपक्रम कर रही हो, ताकि झूठी सिसकियों के बीच उसे थोड़ा-बहुत आराम मिल सके। मुझे याद आया कि किस तरह एक दिन पहले वह पिताजी से कह रही थी कि माँ की मृत्यु से उसे ऐसा ज़बर्दस्त धक्का लगा है कि वह उसे ज़िन्दगी भर नहीं सँभाल पाएगी, कि उसका सब कुछ लुट गया है, कि मरते दम तक उस देवी ने (माँ को वह 'देवी' ही कहा करती थी) यह इच्छा ज़ाहिर की थी कि उसका (मिमी) और कात्या का भविष्य सुरक्षित रहेगा। यह सब कहते हुए उसकी आँखों से आँसू बह रहे थे, शायद उसका दुःख सच्चा रहा हो, किन्तु वह एकदम कुल जोड़कर सिर्फ़ माँ के लिए था, यह कहना मुश्किल है।

ल्यूबा ने काली फ्रॉक पहन रखी थी, आँसुओं से उसका चेहरा भीगा था और वह कभी-कभार माँ की ओर आँख उठाकर देख लेती थी।

काट्या अपनी माँ के पास खड़ी थी, उसका चेहरा उदास होने के बावजूद पहले जैसा ही गुलाबी था। वोलोद्या के मुक्त स्वभाव के अनुकूल ही उसका दुःख भी बहुत मुक्त और साफ़ था। कभी किसी चीज़ पर आँखें टिकाकर वह अपने ख़यालों में डूबा खड़ा रहता, कभी अचानक उसके होंठ काँपने लगते और वह जल्दी से सलीब का निशान बनाकर नीचे सिर झुका लेता। शेष बाहर के लोग, जो वहाँ आए थे, मुझे असहनीय जान पड़ रहे थे। जब वे मेरे पिता को सांत्वना देते हुए कहते कि माँ इस दुनिया से कहीं अधिक दूसरी दुनिया में सुखी रहेंगी, तब मैं खीज से भर उठता।

आख़िर उन्हें क्या अधिकार है कि वह माँ के बारे में कुछ कहें, या उनके लिए आँसू बहाएँ? उनमें से कुछ ऐसे थे जो हमें अनाथों में गिनने लगे थे, मानो हमें पता न हो कि बिना माँ के बच्चे सचमुच अनाथ हो जाते हैं। वे हमें 'अनाथ' कहने के लिए कुछ इतनी जल्दी में दिखाई देते थे जैसे कुछ लोग किसी लड़की को उसके विवाह के बाद पहली बार 'मदाम' कहने के लिए लालायित रहते हैं।

कमरे के एक कोने में, रसोई के दरवाज़े के पास सफ़ेद बालोंवाली एक बुढ़िया सिर झुकाए बैठी थी। ऊपर की ओर अपने दोनों हाथों को जोड़कर वह रोने के बजाय प्रार्थना कर रही थी। वह बराबर भगवान से प्रार्थना कर रही थी कि वह उसे भी उठाकर उसके (माँ के) पास भेज दे, जिसे वह इस दुनिया में सबसे अधिक चाहती थी और उन्हें यह विश्वास भी था कि ईश्वर उनकी मनोकामना जल्दी ही पूरी कर देंगे।

"यह एक औरत है, जो सचमुच माँ से प्रेम करती थी।" मैंने सोचा और मुझे अपने पर ही शर्म हो आई।

प्रार्थना समाप्त हो गई—शव का चेहरा खोल दिया गया। हमें छोड़कर सब उपस्थित लोग एक के बाद एक कफ़न के पास गए और माँ का चेहरा चूमकर वापस लौटने लगे।

सबसे अन्त में जानेवाली एक किसान औरत थी, जिसकी गोद में पाँच वर्ष की एक सुन्दर बच्ची थी। पता नहीं, वह उसे अपने साथ वहाँ क्यों लाई थी?

उस क्षण मेरा आँसुओं से भीगा रूमाल नीचे गिर गया था और मैं उसे उठाने जा रहा था। किन्तु जैसे ही मैं नीचे झुका मुझे एक ऐसी भयानक चीख़ सुनाई दी जिसे मैं, यदि सौ वर्ष तक जिऊँ—तब तक नहीं भूल सकूँगा। जब कभी मैं उसके बारे में सोचता हूँ, एक ठंडी-सी झुरझुरी मेरी समूची देह में फैलने लगती है। मैंने अपना सिर उठाया—शव के सामने एक स्टूल पर वह किसान औरत खड़ी थी और बड़ी मुश्किल से अपनी बच्ची को चुप कराने की कोशिश कर रही थी, किन्तु लड़की थी कि बेतहाशा अपने हाथ-पाँव मारते हुए उसे धकेल रही थी, उसका भयभीत चेहरा पीछे की तरफ़ मुड़ आया था, उसकी आँखें मृत चेहरे पर जमी थीं और वह भयानक, उफनते स्वर में चीख़ रही थी। मैं भी चिल्लाया—और मुझे लगा मानो मेरा स्वर उसकी चिंघाड़ती चीख़ से भी ज़्यादा भयानक है—और फिर एकदम भागता हुआ मैं कमरे से बाहर चला आया।

तब मुझे अहसास हुआ कि कमरे में अगरबत्तियों की गन्ध के साथ मिली हुई वह गन्ध कितनी तेज़ और बोझिल थी। मुझे पहली बार यह ख़याल आया कि वह चेहरा, जो सिर्फ़ कुछ दिन पहले तक इतना सुन्दर और स्निग्ध रहा होगा, जिसे मैं दुनिया की हर चीज़ से ज़्यादा प्यार करता था, वही चेहरा अब किसी को कितने बीभत्स ढंग से भयभीत कर सकता है। यह सोचते ही पहली बार मेरा एक कटु सत्य से साक्षात्कार हुआ और मेरी आत्मा निराशा के अँधेरे में डूब गई।

# अन्तिम उदास स्मृतियाँ

हमारी ज़िन्दगी पुराने ढर्रे पर चलने लगी थी, सिर्फ़ अब माँ नहीं थीं। हम अपने पुराने कमरों में नियत समय पर सोने जाते और हर सुबह नियत समय पर उठ जाते। फिर वही सुबह और शाम की चाय, दोपहर और रात का भोजन—सबका अपना-अपना बँधा समय था। मेज़ें और कुर्सियाँ अपनी पुरानी जगह कायम थीं, घर के वातावरण या हमारे जीवन के दैनिक कार्यकलापों में कुछ भी नहीं बदला था—सिर्फ़ माँ नहीं थीं।

मुझे कभी-कभी लगता था कि ऐसी दुर्घटना के बाद सब कुछ बदल जाना चाहिए। अपनी ज़िन्दगी का विधिवत् कार्यक्रम मुझे माँ की स्मृति का अपमान-सा जान पड़ता था और उसके बीच उनका अभाव और भी अखरने लगता था।

शव उठाने से एक दिन पहले जब सब लोग खाना खा चुके, मैं थका-माँदा अपनी नौकरानी नातालिया साविशना के कमरे में चला आया ताकि उसके गर्म कम्बलों के नीचे कुछ देर लेट सकूँ। जब मैं उसके कमरे में आया मैंने देखा कि नातालिया अपने बिस्तर पर लेटी है, और शायद सो रही है।

मेरे पैरों की आहट सुनकर वह उठ बैठी, अपनी ऊनी शॉल उतारकर एक तरफ़ रख दी, अपने हैट को ठीक से पहना और पलंग के एक किनारे पर बैठ गई।

चूँकि मैं खाने के बाद अक्सर एक-आध घंटा सोने के लिए उसके कमरे में आता था, उसे समझते देर न लगी और अपने बिस्तर से उठते हुए बोली :

"तुम आराम करने आए हो—क्यों, ठीक है न? आओ, यहाँ लेट जाओ।"

"नहीं, नहीं, नातालिया साविशना!" मैंने उसका हाथ पकड़कर उसे बिठाते हुए कहा, "मैं यूँ ही चला आया था...तुम ख़ुद बहुत थकी हो, आराम से लेट जाओ।"

"नहीं, मेरे लाड़ले, मैं काफ़ी आराम कर चुकी हूँ।" उन्होंने क़हा, हालाँकि मुझे मालूम था कि वह तीन रातों से नहीं सोई हैं, "और यह कोई सोने का वक़्त भी नहीं है..." उन्होंने एक लम्बी साँस खींचते हुए कहा।

मैं नातालिया से अपनी व्यथा के बारे में बातचीत करना चाहता था। मैं उसके प्यार और सद्भावना से भली-भाँति परिचित था, उसके साथ रोने में मुझे गहरी हार्दिक सांत्वना मिलती।

"नातालिया साविशना..." मैंने उनके पलंग पर बैठते हुए कहा, "क्या तुम्हें आशंका थी कि कुछ ऐसा होगा?"

बेचारी बुढ़िया ने आश्चर्य और असमंजस में मेरी ओर देखा—उन्हें शायद समझ में नहीं आ रहा था कि मैं यह प्रश्न क्यों पूछा रहा हूँ।

"कौन ऐसा सोच सकता था?" मैंने कहा।

"आह मेरे लाड़ले..." उन्होंने गहरी सहानुभूति से मेरी ओर देखा, "पहले की बात तो अलग रही, मैं आज भी नहीं सोच पाती कि वह अब नहीं है। मेरे जैसे बूढ़ों को मुद्दत पहले ख़त्म हो जाना चाहिए था, लेकिन न जाने, मेरी क़िस्मत में क्या-क्या देखना बदा था। मेरे बड़े मालिक, तुम्हारे दादा, उनके दो भाई, बहन अन्ना, सब एक-एक करके चले गए,

हालाँकि उम्र में वे सब मुझसे छोटे थे। मैं ही ऐसी हतभागिनी हूँ, जो अब तक ज़िन्दा हूँ, सब ईश्वर की इच्छा है। उसने तुम्हारी माँ को बुला लिया क्योंकि वह पुण्यात्मा थी, उसे भी अपने दरबार में पुण्यात्माओं की ज़रूरत है..."

उनके इस सहज-सीधे विचार ने मुझे बहुत सहारा दिया और मैं नातालिया साविशना के निकट खिसक आया। वह अपने सीने पर हाथ रखकर ऊपर की तरफ़ देख रही थीं। उसकी भीगी, धँसी हुई आँखों में एक बहुत शान्त क़िस्म की व्यथा छलछला रही थी।

"मुझे लगता है, जैसे यह कल की बात हो जब मैं उसे खिलाती-झुलाती थी, जब वह मुझे 'नाशा' कहकर बुलाती थी। वह दौड़ती हुई मेरे पास आती थी और मेरे गले में हाथ डालकर मुझे चूमते हुए कहती थी "मेरी नाशा, प्यारी नाशा..." और तब मैं मज़ाक़ में कहती थी, "हाँ-हाँ मदाम! तुम मुझे प्यार नहीं करती...ज़रा ठहरो, शादी हुई नहीं कि अपनी नाशा को एकदम भुला दोगी।" वह चिन्तामग्न हो जाती और कहती, "अगर नाशा को मैं अपने साथ नहीं रख सकती, तो मैं शादी-ब्याह कुछ नहीं करूँगी। मैं नाशा को कभी नहीं छोड़ूँगी। और अब...अब मेरा इन्तज़ार किये बिना ही वह मुझे छोड़कर चली गई। कितना मुझे चाहती थी। लेकिन कौन ऐसा था, जिसे वह न चाहती हो? तुम उन्हें कभी मत भूलना! वह इनसान नहीं, स्वर्ग की देवी थी। जब उनकी आत्मा स्वर्ग में जाएगी, वहाँ भी वह तुमसे प्यार करेगी, तुम्हारे सुख में सुखी होगी।"

"नातालिया साविशना, यह क्यों कहती हो कि जब उनकी आत्मा स्वर्ग में जाएगी, क्या अब वह स्वर्ग में नहीं हैं?" मैंने कहा।

"नहीं, मेरे लाल!" नातालिया ने अपना स्वर धीमा करके कहा...वह पलंग पर मेरे और निकट सरक आई थीं, "उनकी आत्मा अभी यहाँ है।"

उन्होंने ऊपर की ओर इशारा किया। वह फुसफुसाते हुए बोल रही थीं, किन्तु उनके स्वर में इतनी गहरी भावना, इतना विश्वास भरा था कि अनायास मेरी आँखें छत पर उठ आईं, मानो वहाँ कुछ खोज रही हों।

"स्वर्ग जाने से पहले हर पुण्यात्मा को चालीस दिन तक चालीस परीक्षाओं से गुज़रना पड़ता है...तब तक वह घर में ही वास करती है।"

वह काफ़ी देर तक इसी लहज़े में बोलती रहीं, इतने सहज विश्वास के साथ मानो कुछ ऐसी सीधी-साधारण चीज़ों के बारे में बता रही हों, जिन्हें उन्होंने अपनी आँखों से देखा है, और जिन पर सन्देह करने की रत्ती-भर गुंजाइश नहीं है। मैं साँस रोके उनकी बातें सुनता रहा—और यद्यपि जो वह कह रही थीं, वह बहुत कम मेरे पल्ले पड़ रहा था, मैं उनके हर शब्द पर विश्वास कर रहा था।

"हाँ, मेरे लाल—वह यहाँ हैं और हमें देख रही हैं, और शायद हमारी बातें भी सुन रही हैं..." नातालिया साविशना ने कहा और फिर सिर झुकाकर चुप हो गईं।

अपने गिरते आँसुओं को पोंछने के लिए वह रूमाल उठाने खड़ी हुईं, सीधे मेरे चेहरे की ओर देखा और काँपते स्वर में बोलीं :

"इस घटना से प्रभु ने मुझे अपने बहुत नज़दीक घसीट लिया है। अब यहाँ मेरे लिए क्या कुछ करना शेष रहा है? किसके लिए जीना रहा है, किसे प्यार करना बाक़ी रहा है?"

"क्या तुम हमें प्यार नहीं करतीं?" मैंने उलाहना-भरे स्वर में कहा, मेरे आँसू उमड़ना ही चाहते थे।

"ईश्वर ही जानता है, मैं तुम सबसे कितना प्यार करती हूँ—लेकिन मैं जितना उससे प्यार करती थी वैसा आज तक किसी से नहीं किया, न ही कभी कर सकती हूँ।"

वह अधिक कुछ नहीं कह सकीं, अपना मुँह मोड़कर ज़ोर-ज़ोर से सिसकियाँ भरने लगीं।

मेरी नींद उड़ गई थी। हम दोनों आमने-सामने बैठकर चुपचाप रो रहे थे।

फोका भीतर आया, लेकिन जिस हालत में उसने हमें देखा, उसमें दख़ल देना अनुचित समझकर देहरी पर ही खड़ा रहा और चुपचाप चारों ओर देखने लगा।

"क्या चाहते हो, प्यारे फोका?" नातालिया साविशना ने अपना चेहरा पोंछते हुए कहा।

"डेढ़ पाउंड रेसिन, चार पाउंड चीनी और तीन पाउंड चावल...कृत्या[1] बनाना है।"

"अभी आई!" नातालिया साविशना ने जल्दी से नाक में नसवार डाली और तेज़ क़दमों से पेंट्री की तरफ़ चल दीं। हमारी बातचीत के कारण दुःख और वेदना के जो चिह्न उनके चेहरे पर बचे रह गए थे, काम के झंझट में वे शीघ्र ही ग़ायब हो गए।

"चार पाउंड क्यों?" उन्होंने बुड़बुड़ाते हुए चीनी को तराजू में तौलते हुए कहा, "क्या साढ़े तीन पाउंड काफ़ी नहीं रहेगी? अब और चावल क्यों माँग रहे हैं, कल ही तो मैंने आठ पाउंड चावल दिये। नहीं भाई फोका, चावल अब नहीं दूँगी, वान्का को क्या, वह तो मालिक का पैसा लुटाने पर तुला है...भला यह भी कोई बात हुई, आठ पाउंड!"

"क्या करें, वह कहता है, सब ख़त्म हो गया।"

"अच्छा, अच्छा—लो, यह रहा।"

मुझे उस क्षण नातालिया के व्यवहार में यह परिवर्तन देखकर काफ़ी आश्चर्य हुआ था, कहाँ कुछ देर पहले के आँसू और कहाँ अब वह पाई-पाई पर फ़िज़ूल का झगड़ा। बाद में मुझे समझ में आया कि उसकी आत्मा में जो कुछ भी हो रहा हो, उसमें इतनी समझदारी थी कि वह अपना दैनिक काम चालू रख सके। आदतवश वह रोज़मर्रा का काम निपटाती जाती थी। माँ की मृत्यु पर उन्हें इतनी गहरी पीड़ा हुई थी कि उन्हें इस बात को छिपाने की कोई ज़रूरत नहीं थी कि वह दूसरे कामों में भी व्यस्त रह सकती हैं। दूसरे लोग छिपाते हैं, यह चीज़ उन्हें सचमुच अजीब जान पड़ती।

---

1. कृत्या एक प्रकार का मीठा खाद्य-पदार्थ होता है जो चावल, चीनी और रेसिन को मिलाकर बनाया जाता है। उसे मृतात्मा के लिए गिरने में रखा जाता है।

अभिमान की भावना का सच्चे शोक से कोई सम्बन्ध नहीं, किन्तु फिर भी यह भावना आदमी के स्वभाव का ऐसा अभिन्न अंग बन गई है कि गहरे-से-गहरा शोक उसे दूर नहीं कर पाता। अभिमान की इस भावना के कारण ही हर व्यक्ति यह दिखलाना चाहता है कि वह कितना शोकमग्न, कितना दुखी या कितना मज़बूत है—और यद्यपि हम इन ओछी भावनाओं को अपने में कभी स्वीकृत नहीं करते। वे घनीभूत पीड़ा के क्षणों में भी हमारा पीछा नहीं छोड़तीं और ख़ुद उस पीड़ा को उसकी शक्ति, गरिमा और सच्चाई से वंचित कर देती हैं। किन्तु नातालिया साविशना अपने शोक में इतनी डूबी थीं कि उनकी आत्मा में कोई भी इच्छा बाक़ी नहीं रह गई थी। आदत की मजबूरी में वह हर काम रोज़ की तरह कर रही थीं।

फोका को सब आवश्यक चीज़ें देने के बाद वह अपनी सलाइयाँ लेकर दुबारा मेरे पास बैठ गईं। हम फिर पुरानी बातों को याद करते रहे, रोते रहे, आँसू पोंछते रहे।

मैं हर रोज़ नातालिया साविशना से बातें करता था। उनके मूक आँसू और स्निग्ध सद्वचन मुझे गहरी सांत्वना और तसल्ली देते थे।

किन्तु हम शीघ्र ही एक-दूसरे से अलग हो गए। माँ को दफ़नाने के तीन दिन बाद ही हम मास्को चले गए और उसके बाद मैं उनसे कभी नहीं मिल सका।

हमारे मास्को पहुँचने पर ही दादी को यह दुःखद समाचार मिला, उनके शोक की कोई सीमा नहीं थी। हमें उन्हें देखने की भी अनुमति नहीं मिली, क्योंकि पूरे एक सप्ताह तक वह शोक के कारण विक्षिप्त-सी रहीं। डॉक्टरों ने चिन्ता प्रकट की कि इस तरह वह अपने जीवन को ख़तरे में डाल रही हैं—न केवल उन्होंने दवा-दारू लेने से इनकार कर दिया, बल्कि उनका बोलना-चालना, सोना-खाना सब कुछ छूट गया। कभी-कभी अपने कमरे की आरामकुर्सी पर बैठे हुए वह अचानक हँसने लगतीं, फिर बिना आँसू बहाए सिसकने लगतीं, उनके अंग-प्रत्यंग टेढ़े पड़ने लगते और वह पागलों की-सी आवाज़ में अर्थहीन, भयानक शब्द चीख़ने लगतीं।

उन्होंने पहले कभी इतने गहरे शोक का सामना नहीं किया था और वह निराशा में उद्भ्रान्त-सी हो गई थीं। वह अपने दुर्भाग्य का दोष किसी पर मढ़ना चाहती थीं, भयानक अपशब्दों का प्रयोग करतीं, धमकियाँ देतीं, अचानक झटके से अपनी कुर्सी से उछल पड़तीं, लम्बे-लम्बे डग लेती हुई कमरे में चहल-कदमी करने लगतीं और फिर बेहोश होकर गिर पड़तीं।

एक बार मैं उनके कमरे में गया। वह हमेशा की तरह अपनी आरामकुर्सी पर बैठी थीं और देखने में बहुत शान्त जान पड़ रही थीं, किन्तु उनके चेहरे के भाव को देखकर मैं स्तम्भित-सा रह गया। उनकी आँखें सपाट खुली थीं, किन्तु उनकी दृष्टि बहुत धुँधली और बुझी-बुझी-सी लग रही थी। उनकी निगाहें सीधे मेरे चेहरे पर टिकी थीं, किन्तु वह मुझे देख नहीं रही थीं। उनके होंठ धीरे-धीरे एक मुस्कान में खुल गए और उन्होंने बहुत क़ातर और कोमल स्वर में कहा, "इधर आओ मेरी बच्ची...मेरी छोटी-सी देवी!"

मैंने सोचा, वह मुझे बुला रही हैं, मैं पास सरक आया, किन्तु वह मुझे नहीं देख रही थीं, "देखो कितना अच्छा हुआ कि तुम आ गईं। जानती हो, मैं तुम्हारे लिए कितना तड़पी हूँ..." मुझे समझते देर न लगी कि वह मुझमें माँ को देख रही हैं...मैं ठिठक गया। "वे मुझसे कहते थे, कि तुम अब नहीं हो..." उन्होंने तनिक ग़ुस्से में कहा, "बिलकुल बकवास! भला कभी ऐसा हो सकता है कि तुम मुझसे पहले मर जाओ?" और वह पागलों की तरह ठहाका मारकर हँसने लगीं।

केवल वे लोग पूरी गहराई से दु:ख महसूस कर सकते हैं, जो पूरी गहराई से प्यार करने में समर्थ होते हैं, और प्यार करने की वही गहरी ज़रूरत दु:ख का इलाज भी कर देती है। यही कारण है कि इनसान की नैतिक प्रकृति उसकी शारीरिक प्रकृति की अपेक्षा कहीं अधिक जीवन का बोझ सँभालने में समर्थ है। दु:ख कभी किसी को नहीं मारता।

एक हफ़्ते बाद दादी ठीक से रो सकीं—और फिर उनकी हालत सुधरने लगी। पूरी तरह से प्रकृतस्थ होने पर उनका पहला ध्यान हमारी ओर गया, और हमारे प्रति उनका प्रेम पहले से कहीं अधिक बढ़ गया। हम हमेशा उनकी कुर्सी के पास दुबके रहते, वह धीरे-धीरे रोते हुए माँ की चर्चा करतीं और बहुत स्नेह से हमें सहलाने लगतीं।

कोई भी, जो उनके शोक को देखता, यह न कह सकता था कि वह अपने दुःख को बढ़ा-चढ़ाकर दिखा रही हैं, हालाँकि वह अपनी व्यथा को बहुत ही तीखे और मर्मस्पर्शी ढंग से अभिव्यक्त करती थीं। किन्तु पता नहीं क्यों, दादी की अपेक्षा मेरी सहानुभूति नातालिया साविशना से कहीं अधिक थी। आज भी मुझे पक्का विश्वास है कि जितनी सच्चाई और ईमानदारी से उस सीधी-सादी औरत को माँ की मृत्यु पर दुःख हुआ था, उतना किसी और को नहीं।

माँ की मृत्यु के साथ मेरे बचपन का एक सुखद युग समाप्त हुआ और किशोरावस्था का दूसरा अध्याय शुरू हुआ। लेकिन नातालिया साविशना के संस्मरण मेरे बचपन से जुड़े हैं, और मेरे भाव-बोध के विकास पर उनके व्यक्तित्व का इतना गहरा असर पड़ा है, मैं उनके पीछे उनकी मृत्यु के बारे में कुछ और शब्द अवश्य कहना चाहूँगा।

माँ की मृत्यु के बाद हम मास्को चले गए, किन्तु जो लोग पीछे गाँव में रह गए, वे बताते थे कि घर में कोई काम न रहने के कारण नातालिया साविशना बहुत खीजी-खीजी-सी रहती थीं। यद्यपि घर की सब अलमारियाँ उनकी देखरेख में थीं और वह हमेशा उनकी दराज़ों की चीज़ों को उलटती-पलटती रहती थीं, कभी उन्हें खोलकर बाहर रखतीं, कभी क़रीने से भीतर सजातीं, फिर भी उन्हें सारा घर ख़ाली-सा लगता। जिस शोरगुल और काम-काज की वह बचपन से अभ्यस्त थीं उसका अभाव उन्हें हमेशा अखरता रहता। माँ का शोक, रहन-सहन में परिवर्तन और घरेलू काम-काज का अभाव—इन सबके कारण वह बीमार-सी रहने लगीं, माँ की मृत्यु को अभी एक वर्ष बीत भी न पाया था कि उन्होंने बिस्तर पकड़ लिया।

आज सोचता हूँ, नातालिया साविशना के लिए अपने सगे-सम्बन्धियों से दूर सारे घर में अकेले रहना और अकेले ही मरना काफ़ी दुःखदायी चीज़ रही होगी। यों घर के दूसरे प्राणी उन्हें बहुत चाहते थे, उनका आदर करते थे, किन्तु वह किसी से अपनी आत्मीयता नहीं जोड़ पाती थीं और अपनी इस आदत पर उन्हें बहुत गर्व भी था। वह सोचती थीं कि जब मालिक ने उन पर विश्वास करके घर की सारी ज़िम्मेवारी, अलमारियों की देखभाल, चीज़ों की चौकीदारी उन पर सौंपी है, तो ऐसी स्थिति में किसी व्यक्ति-विशेष से आत्मीय सम्बन्ध बनाना पक्षधरता और अनुचित साँठ-गाँठ माना जाएगा और इससे वह कतराती थीं। शायद यही कारण था कि वह घर के नौकर-चाकरों से अलग रहती थीं और अक्सर कहा करती थीं कि घर में वह न किसी से गपबाज़ी करती हैं और न ही किसी से उनका कोई नाता-रिश्ता है...जहाँ तक मालिक की सम्पत्ति-जायदाद का प्रश्न था वह किसी को अपना विश्वासपात्र नहीं बनाना चाहती थीं।

ईश्वर की सतत प्रार्थनाओं में ही नातालिया साविशना अपने मन का धीरज खोजने जाती थीं और उसी में उन्हें शान्ति मिलती थी। किन्तु हर व्यक्ति के अपनी कमज़ोरी के क्षण होते हैं और वह किसी जीते-जागते प्राणी के प्रेम और सहानुभूति में ही सांत्वना प्राप्त करना चाहता है। नातालिया साविशना भी अपने बिस्तर पर एक छोटा-सा कुत्ता ले जाती थी, उससे बातचीत करती थी और उसे सहलाते हुए रोने लगती थी। जब बेचारा कुत्ता दयनीय ढंग से चूँ-चूँ करने लगता वह उसे चुप कराते हुए कहती, "रोओ नहीं...मैं जानती हूँ कि मैं जल्दी मर जाऊँगी।"

अपनी मृत्यु से एक महीने पहले उसने रेशम, मलमल और गुलाबी रिबन सन्दूक से बाहर निकाले और अपनी नौकरानी की मदद से एक सफ़ेद गाउन और हैट बनाकर तैयार कर लिया था और उन सब चीज़ों की व्यवस्था कर ली थी जिनकी ज़रूरत अर्थी उठाने के दिन महसूस होती है। उसने मालिक की अलमारियों में रखी सब चीज़ों की एक फ़ेहरिस्त बना ली थी और उन सबकी ज़िम्मेवारी चौकीदार की पत्नी को सौंप दी थी।

फिर उसने दो गाउन और एक पुरानी शॉल अपने सन्दूक़ से बाहर निकाली, जो एक ज़माने में मेरी दादी ने उन्हें सुपुर्द की थीं। उसके साथ दादाजी की एक फ़ौजी वर्दी भी थी जिस पर सोने से कसीदे का काम किया हुआ था। वह नातालिया की सतर्कता का ही परिणाम था कि वर्दी बिलकुल नई दीखती थी और उसे कीड़ों ने नहीं छुआ था। अपनी मृत्यु से पहले उन्होंने यह इच्छा प्रकट की थी कि इन कपड़ों में से एक गुलाबी गाउन वोलोद्या को दी जाए जिसे वह ड्रेसिंग-गाउन के रूप में इस्तेमाल कर सकता है। दूसरी भूरे रंग की धारीदार गाउन मेरे लिए और शॉल ल्यूबा के लिए थी। फ़ौजी वर्दी उसे मिलेगी जो सबसे पहले अफ़सर बनेगा। बाक़ी सब सामान और रुपये उसने अपने भाई के लिए रख छोड़े थे। सिर्फ़ चालीस रूबल उसने अपने क्रिया-कर्म और गिरजे में अपनी आत्मा की प्रार्थना के लिए अलग रख दिये थे। उसका भाई काफ़ी निकम्मा और लुटाऊ क़िस्म का आदमी था और बहुत दूर किसी शहर में रहता था। अपने जीवन-क़ाल में नातालिया साविशना का उससे कोई सम्पर्क नहीं रहा था।

जब नातालिया साविशना की मृत्यु के बाद उनका भाई आया तो उसे बहुत आश्चर्य हुआ कि उसकी बहन उसके लिए केवल पच्चीस रूबल छोड़ गई है। उसे विश्वास न हो सका कि वह औरत, जो इतने अमीर घराने में साठ वर्ष तक काम करती रही है, और जिसके ज़िम्मे घर का समस्त माल-मत्ता रहा है जो अपने ऊपर कुछ भी ख़र्च करने में हिचकती थी, वह अपने पीछे एक फूटी कौड़ी भी नहीं छोड़ गई थी।

नातालिया साविशना केवल दो महीने बीमार रहीं, अपने दु:ख-दर्द को वह चुपचाप सहन करती रहीं। किसी से कभी कोई शिकवा-शिकायत नहीं की; आख़िर तक सिर्फ़ ईश्वर पर भरोसा करती रहीं। मृत्यु से एक घंटा पहले वह बहुत प्रसन्न भाव से पादरी से बातचीत करती रहीं और अन्तिम घड़ी में सब धार्मिक रस्मों को ख़ुशी-ख़ुशी पूरा किया। घर के सब प्राणियों से उन्होंने अपने 'किये-सुने' के लिए क्षमा माँगी—सबको धन्यवाद दिया। बराबर यही कहती रहीं कि अगर मूर्खतावश उन्होंने किसी को ठेस पहुँचाई हो तो अब वह

माफ़ी माँगती हैं, "लेकिन मैं कभी चोर नहीं रही और यह मैं सौगन्ध खाकर कह सकती हूँ कि मैंने मालिक के एक छोटे-से धागे पर भी बुरी नज़र नहीं डाली।" इस एक गुण पर उन्हें हमेशा अपने ऊपर गर्व रहा था।

आख़िरी घड़ी में उन्होंने वह पोशाक पहनी, जो उन्होंने अपने हाथों से बनाई थी, फिर तकिये का सिरहाना लेकर देर तक पादरी से बातचीत करती रहीं। अचानक उन्हें याद आया कि उन्होंने ग़रीब लोगों को कुछ दान में नहीं दिया, जल्दी से दस रूबल निकालकर पादरी को देते हुए कहा कि वह उन्हें गाँव के निर्धन लोगों में बाँट दे। फिर उन्होंने सलीब का निशान बनाया, बिस्तर पर लेटकर अन्तिम बार गहरी साँस खींची और प्रसन्न भाव से मुस्कराते हुए भगवान का नाम लिया।

नातालिया साविशना ने अपने प्राणों को बिना किसी दु:ख-पछतावे के छोड़ा था, वह मृत्यु से कभी नहीं डरीं और उसे एक वरदान के रूप में स्वीकार किया था। ऐसा अक्सर कहा जाता है, लेकिन कितने लोग सचमुच ऐसा कर पाते हैं। नातालिया साविशना मृत्यु से नहीं डरती थीं क्योंकि उनके भीतर अटूट आस्था थी। उनका समूचा जीवन नि:स्वार्थ प्रेम और आत्म-त्याग में बीता था।

इससे क्या अन्तर पड़ता अगर उनके विश्वास बहुत उदास और उनके जीवन के उद्देश्य बहुत ऊँचे रहे होते, वह जो थीं, जैसी थीं, उसी के लिए हमारा उनके प्रति इतना गहरा प्रेम और सम्मान था, उसमें कभी कोई कमी न हो सकती थी।

वह जीवन में सबसे महान, सबसे श्रेष्ठ काम करने में सफल हुई थीं। वह बिना किसी डर और पश्चात्ताप के मर सकी थीं।

उनकी अपनी इच्छा के अनुसार ही उन्हें उस गिरजे के पास दफ़नाया गया, जहाँ माँ की क़ब्र थी। उनकी क़ब्र का पत्थर आज काँटों और झाड़ियों से घिर गया है, चारों तरफ़ एक काली रेलिंग लगी है। जब कभी मैं गिरजे से लौटता हूँ तो वहाँ जाकर उस जमीन पर सिर झुका लेता हूँ, जिसके नीचे वह लेटी हैं।

कभी-कभी मैं गिरजे और काली रेलिंग के बीच ठिठक जाता हूँ। सहसा दुःखदायी स्मृतियों का बवंडर मेरी आत्मा में उठने लगता है। एक अजीब-सा प्रश्न मुझे सालने लगता है, क्या ईश्वर ने मुझे इन दो प्राणियों से सिर्फ़ इसलिए मिलाया था कि मैं आजीवन उनकी याद में घुलता रहूँ?